追放された元聖女の
私を拾ってくれたのは、
魔性のSSランク冒険者さんでした。

追放された元聖女の私を拾ってくれたのは、魔性のSSランク冒険者さんでした。

yori

Illustrator
氷堂れん

この作品はフィクションです。
実際の人物・団体・事件などに一切関係ありません。

追放された元聖女の私を拾ってくれたのは、
魔性のSSランク冒険者さんでした。

MELISSA

プロローグ

悪夢を見ているのだろうか。

我がルビラ王国の安寧を祈る、聖なる儀式の場で、婚約者であるヨハンネス王太子殿下が、別の女性の肩を抱いている。王族や貴族、聖職者が数多く集まる中。ヨハンネス王太子殿下が、聖女セシリアに向かって、声高らかに叫んだ。

「偽聖女セシリア！　貴様は王族どころか神をも欺き、自らを聖女と偽った。そして本来の聖女であるレーナ侯爵令嬢を虐げたな？」

「ヨハンネス王太子殿下。私は神に背くことなど一切いたしておりません」

セシリアは、彼の力強い碧眼に臆することなく己の潔白を主張した。しかしそれがかえって生意気だと感じたのか周りが騒めく。その中の一人、レーナの父であるアークラ司教が憤慨して語気を強めた。

「我が侯爵家の愛娘に対する侮辱の数々を認めぬなど断じて許せん。ヨハンネス王太子殿下、この偽聖女が深く反省するよう、重い罪を科してくださいますようお願い申し上げる」

「ああ。確かに。そうするのが良いのかもしれないな」

婚約者のあんまりな言葉にセシリアは深く傷ついた。ここまで望まれていない自分が、聖女を象徴する水魔法の杖〝聖女の神器〟を持って、煌びやかなヴェールやヘッドドレスで仰々しく飾り立てているなんて虚しく感じる。

少し前から、貴族家出身のレーナ侯爵令嬢こそが真の聖女だという噂が囁かれていることは、セシリアも知っていた。同時に平民出身の自分が偽聖女と呼ばれていることも。婚約者のヨハンネス王太子殿下がレーナ侯爵令嬢を寵愛しているとも。確かに二人が一緒にいるところをよく見かけた。けれど、既にヨハンネス王太子殿下との婚約の話は決まったことだし、噂は噂に過ぎないと考えていた。

だから婚約者を信じて、ただひたすらに聖女として神々へと祈りを捧げ続けた。何故ならやるべき使命を果たしていたら、自然と偽聖女などと呼ばれることはなくなると思っていたからだ。

聖女として改めて認められれば、予定通り婚姻が叶って、ヨハンネス王太子殿下も戻ってきてくれると信じていた。そのためセシリアは懸命に、聖魔法に準ずる回復魔法での治療や、魔物が生まれる瘴気を浄化する儀式など、聖女としての役割を何でもこなしてきた。どんなに遠い土地でも進んで向かい、愚直に奉仕活動をしていた。

——ただし、それは甘い考えだったようだ……。

「セシリア、罪を認めるなら今のうちだ。何か申し開きはあるか？　全ての証拠が揃っているのだぞ」

婚約者の残酷な言葉にまた傷ついて顔を伏せると、白銀の髪の毛が僅かに揺れる。手に持っている聖女の神器をぎゅっと握りしめて心を落ち着かせてから、婚約者へ真摯に訴える。

「その証拠はどういったものなのでしょうか。私は罪を犯したことなど一度もございません」

「まだ嘘をつき続けるか愚か者め！　お前など婚約破棄だ！　そしてこの国から追放するッ！」

あまりにも無慈悲な判決に、セシリアの淡いラベンダー色の瞳が、絶望で濁った。

（……どうして、こんなことになったのだろう）

家族になると思っていた婚約者から、憎悪にまみれた視線を浴びることになるだなんて。平民出身だけれど、聖女として選出されて、教会で必死に勉強し、その力を世のために役立てていたというのに。

この状況を打開する方法が思い浮かばない。もう聖女の役目も、昔は心優しかった婚約者も、全て諦めるしかないのかもしれない。

心が張り裂けそうなほどの痛みに涙が滲みそうになる。しかし、ここで泣いていても何の意味もない。必死に涙を堪えたセシリアは、声が震えないよう、毅然と言葉を紡ぐ。

「ヨハンネス殿下がそのように仰られるのでしたら、承知いたしました。それでは、せめてレーナ侯爵令嬢へ聖女の勤めの引き継ぎを行ってもよろしいでしょうか」

この場にはいないが、今まで聖女として育ててくれたパウロ大司教からでも引き継ぎは可能だろう。けれど、実際に体験したセシリアにしか出来ない心得もある。

例えば、月一度行われる、聖域の冷たい湖に丸一日浸かって、神々に魔物や天災による被害から守ってほしいと祈る儀式。その時、聖女特有の水魔法で肌表面を温めれば、何とか耐えられるとか。怪我をしている人への寄り添い方だとか。せめて少しでもお役に立てたらと思ったが、無情にも近衛騎士に身体を押さえられる。

「偽聖女から得られるものなど何もない。早く此奴を連れていけ」

（——痛い。痛い。痛い……）

騎士から押さえられている身体も、心も、全部全部。

これは神からの試練なのだろうか。それとも……。

ぐるぐる思考を巡らせていると、途端に糸が切れたように力が抜けて崩れ落ちる。

手から離れた聖女の神器が地面に倒れると、しゃらんと大きな音を奏でて聖堂に響き渡った。

その虚しくも綺麗な鈴の音が耳に届いたのを最後にセシリアは意識を失った。

第一章　捨てられた元聖女

ルビラ王国を始め、この大陸では太陽と月を神々として崇(あが)めるリュミエール教が広く伝わっている。

リュミエール教は、魔物からの被害に悩まされていた人間たちを憂(うれ)いた神々によって創設された。

神々に選ばれた初めの聖女に『魔物から人間を守る聖女の術』を広めるよう天命が下って、聖女の神器(しんき)と共に、次々と聖女の素質がある者を探し出し育てて、リュミエール教を布教していったという。

初めの聖女の生まれが、隣国ブロンフラン王国だったため、その土地に教会本部が作られ、各国には教会支部が設置されていくことになる。

聖女による功績を神々が褒め称(たた)えたかのように、各地で魔力を持った人間が生まれるようになった。

魔力を持った珍しい子供は、各国の教会支部の援助で正しい魔法の使い方を学ぶ体制が作られた。

子供を集めて教えていく中で魔力を持つ人間には生まれつきスキルを保有している者もいると判明する。炎スキルや雷スキルだと騎士など闘いの道へ、土スキルや岩スキルだと農業や建築の道へと、スキルを持つ者はその特性(スキル)に合った道に進んでいった。

スキルは様々な種類が確認されており、その中でも、特に希少な聖なる水魔法の特性を持つ者が、教会に残り修錬する。水は全ての生命に宿るため、扱える魔法の範囲が多岐にわたるが、特に回復魔法や、魔物の発生源(スポット)である瘴気(しょうき)を消す浄化魔法が有名である。

何故(なぜ)なら聖なる水魔法は、聖女に必要な素質だからだ。聖なる水魔法を極めた者が、聖女に選ばれて世の中の安寧(あんねい)のため、儀式や奉仕活動を行うことになっている。聖女にならずとも回復魔法を扱える者は特別な存在として生涯教会で過ごすことがほとんどだ。

魔力を持って生まれたセシリアも、幼い頃から教会に身を置いた。聖なる水魔法のスキルを持つことが分かってからは、より一層、誰かの役に立ちたいという一心で懸命に教会で学んだ。

魔法の修錬をしていたある日、リュミエール教・ルビラ王国支部の頂点である、パウロ大司教が、セシリアを見つけ出して、自ら師として鍛えてくれた。そのおかげで、平民出身のセシリアでも聖女を任せてもらえるほどの力をつけた。

本来身分は問わず、聖なる水魔法を使いこなす力を持つ者が成れるものなのだが、数代前から貴族出身の聖女が続いていた状況下で、平民のセシリアが聖女になるのは快挙だった。

聖女としての働きを認められて、ヨハンネス王太子殿下の婚約者という栄誉まで授かったけれど、その充実した日々は、一瞬で全て失ってしまった。

最後まで彼に恋心は抱けなかったが、家族として温かい関係を築いていけたらと受け入れていた。それに王太子妃になったら、大好きなルビラ王国のためにもっと尽くせると思っていたのに……。

——今までが儚い夢だったかのように、現実がのし掛かる。

罪人としての扱いは酷いもので、あの後、意識が戻ってすぐ、代々受け継がれている聖女の神器やヴェール、ヘッドドレスを奪われて、聖職者の白いワンピースだけになったセシリアは地下牢の扉の前で突き飛ばされた。その衝撃で受け身も取れぬまま硬い石の床に身体を打ち付け痛みに悶える。

間もなくガチャンと大きな音を響かせながら錠に鍵をかけられて、セシリアは投獄された。

あんなに努力して聖女になったのに、結局何の役にも立てずに呆気なく終わってしまったどころか、犯してもいない罪を償うことになるなんてと自嘲する。

その日の夜中に近衛騎士の二人組に叩き起こされて、国外追放のため隣国に向かうと通告された。

そしてそのまま連行されて荷馬車に乗せられると、巡礼で長旅に慣れていたセシリアも参ってしまうような、激しい揺れに襲われた。荷馬車なので座席もない。隅に座って転がらないよう身体を硬くして、隣国までの道中をじっと耐えるしかなかった。


数日間、馬を何度も乗り換えて走りっぱなしだった荷馬車旅は、どうやら終わりを迎えたようだ。

御者席に座る近衛騎士の二人の話し声から察するに、やはり隣国へ捨てられるらしい。

母国のルビラ王国と、隣国ブロンフラン王国の間には、広大な森がある。その森の出入り口に、国境を越える検問所が建つ。荷馬車が止まったかと思えば、久しぶりに近衛騎士以外の声が聞こえた。

「その騎士の紋章は、近衛騎士のものじゃないか？　一体、高貴な近衛騎士がこんな辺境に何の用だ？」

「詮索するな。森に少し用があるだけだ。騎士の紋章を見せたから通っていいだろう？　すぐに戻る」

「なんだ訳ありか？　黙っている代わりに、チップを弾んでもらいたいものだな」

「チッ。これで帰りも迅速に通してくれよ」

「毎度あり」

馬車は再び動き出して険しい森の道を走る。

そして森へ入ってしばらく走った後、荷馬車が開いて放り出されてしまった。

荷馬車はすぐに引き返して来た道を戻っていく。

とうとうセシリアは、ぽつんと一人、森の中に残されて途方に暮れた。

(……これからどうしよう)

幼い頃に両親を亡くしたセシリアは、天涯孤独の身で頼れる家族も友人もいない。

師でもあるパウロ大司教は本当の父のように優しかったが、母国の教会に偽聖女だと決めつけられ追放されたのだ。もう会うことは叶わないだろう。教会内に世間話をするくらいの人はいたが、友人ではなかった。

聖女の身分を失ってしまえば、自分自身には、何も残らないことを今になって気づく。

森で佇んで、大きなため息をついた。

ここはきっと隣国であるブロンフラン王国の森。けれど今のセシリアにはお金もなければ、食料もない。生き残るためには、まず食料の調達に安全な寝床が必要だ。それに街を目指して歩いて、仕事も探さなくてはいけない。果たして、教会以外で働いたことのない訳ありの自分を雇ってくれる人はいるのか不安に思った。

しかし、今はそんなことを考えても仕方がない。幸いにもまだ昼間で、夜になるまで時間がある。

まずは辺りを散策してみることにした。

季節は春だからか、青々とした植物が光に当たって生き生きとしている。

透き通った川の水を覗き込むと、セシリアの姿が映った。

たった数日間で、随分やつれてしまったものだと落ち込む。水浴びもしばらく出来ていないから、白銀の髪の毛がボサボサだ。それに気がついてしまうと、途端に全身を清めたくなる。

森には、きっと誰もいないだろう。寝床や食料を探すのは、水浴びをしてからでも遅くないはず。

そう思ったセシリアは、躊躇せず聖職者の白いワンピースを脱ぎ、穏やかな川に入った。頭までざぶんと浸かると気持ちがいい。汚れと一緒に、疲れが取れていくような気がしてくる。

しかし先ほどから、何かがセシリアの足首をくすぐっている。水生植物かと、何気なく川底を見ると、驚いて腰がひける。

「ひっ、やぁぁぁぁ」

セシリアが叫び声をあげると、足元からにゅるにゅるっと絡みついていく。

——その正体は、下級魔物の触手だった。

触手は主に、生物の体液を啜り食べる細長い物体だ。特に人間の性液が大好物で、群れを作って襲い、皆のお腹がいっぱいになるまで、獲物を拘束して快感を刺激し続けるのだという。

衣類をまとっていないセシリアが大事なところに吸いつかれるのは必然で。あっという間に性液を吸い取ろうとする触手が、手首や胸、太ももや腰回りなど身体中に纏わりついてくる。

触手はやはり群れになっていて複数頭いる。視界の隅で川辺に置いてあった衣類を粘液で溶かしていく個体を見つけて悲鳴をあげる。

「やめて!!　服も下着も、それしかないの!!」

この触手の群れは、相当人間を襲い慣れているようだ。衣類がなければ簡単に逃げられないとちゃんと理解している。

溶けていった衣類に気を取られているうちに、秘所へぬるぬるとした刺激が走って泣きそうになっていると、だんだんと身体が持ち上がって宙に浮いていき、再び叫んだ。

「っやだ、だめだめだめ……!!」

セシリアの顔は一気に真っ赤に染まった。

誰にも触れられたことのない胸の先端や秘所にまで触手が蠢いていく。まだ清い身体で、男性との経験もないのに快感が走る。触手の感触が気持ち悪いのに、気持ちがいいと感じてしまう。

視界が滲んでぽろぽろと涙が溢れた瞬間、両胸の先端に触手の口があてがわれた。

「う、嘘でしょう!?　あ、ぁぁ、やめてっ!!」

そのままねっとりと両胸の先端を執拗に吸われて、強すぎる快感に背中が仰け反る。触手はそんなセシリアに気をよくしたのか、どんどん行動がエスカレートしていく。

今度は、太ももに絡んだ触手に股を左右に大きく広げられて、秘所があらわになり空気が触れる。

「いやああああ」

あまりに恥ずかしい体勢になったことが分かって、思い切り叫ぶ。

とうとう蜜口へ侵入しようとする触手まで出てきて、必死に両手で引っ張ってはがそうとする。

しかし触手はぬるぬるとしていてなかなか上手く掴めない。

(もう、なんでこんなに悪いことばっかり起こるの!?)

初めての相手が触手だなんて絶対嫌だと身体がこわばった。

しかし抵抗を許さないとばかりに、無情にも触手が、蜜口へ入りかけた時だった。

「大丈夫か……!?」

突如、救援の声が聞こえてきた。

声の主は男性だったけれど、今は一刻を争う事態だ。

淫らに襲われている状況を見られるのが恥ずかしいだとか言っていられない。

「た、助けてくださいっ」

決死の思いで、声をあげる。

すると次の瞬間に、漆黒の髪の毛がひらりと視界を横切った。襲ってきた触手は、彼の炎魔法で、一瞬にして跡形もなく消えた。セシリアの肌に火傷を負わせることもなく、触手だけを燃やせるなんて、相当な魔法の使い手だ。

しかしホッとしたのも束の間。触手によって宙吊りにされていたセシリアが放り出されて、下へ落ちていく。川に落下することを覚悟して思い切り目を瞑ったその時、彼の逞しい腕に抱き止められて、優しく降ろしてくれた。

「あ、あの。ありがとうございました……!」

助けてくださった彼のお顔を見上げて、セシリアは驚いて目を丸くした。

――何故ならその人は今まで見たことないほどの端正な顔立ちだったから。

長い睫毛に縁取られたハチミツ色の瞳は透き通っていて、眼鏡越しに甘い色香を放っている。スッと通った鼻筋。肌はシミひとつなく陶器のようで、顎まである漆黒の髪の毛は一本一本が艶やかだ。背も高く、手足がすらっと長い。まるで大聖堂で目にした巨匠の彫刻のよう。

この世に存在しているのが不思議なほど美しい。巡礼先で見た冒険者のような格好で帯刀しているけれど、荒々しさはなく気品のあるオーラさえ感じる。

男性だが、麗人という言葉がぴったり当てはまって、セシリアは見惚れてしまった。

「……あのさ、お礼はありがたいけど服を着てもらえるかな……？　良かったらこれ使って」

セシリアを助けてくれた彼は、恥ずかしそうに目を逸らして、ほんのり頬に熱を帯びている。

差し出された、脱ぎたての上着を見て、ようやく言葉の意味に気がついた。

――自分自身が今、一糸も纏わぬ姿だったのだと。

「いやあああああああ!!!!」

セシリアは慌てて身体を腕で隠した後、恐る恐る上着を受け取る。

そして川から一気に走り出て、木陰へ逃げ込みながら、謝罪の言葉を叫ぶ。

「ごめんなさいごめんなさいごめんなさい!!!!」

しかし彼が逃げ込んだ先まで追いかけてきてくれて何かと思えば、こちらを見ないように背を向けて、着ていたシャツを脱いで渡してくれた。

何とかお礼は伝えられたが、激しい羞恥心に、頭を抱えて半泣きで悶えた。

（あぁ……。恥ずかしくて、死んでしまいそう……）

触手に襲われているところを見られてしまったのは仕方ないが、素肌を晒したまま、しばらく彼に見惚れてしまっただなんて恥ずかしくて堪らない。

しかもセシリアのために服を貸してくれたので、うっかり彼の上半身の鍛え抜かれた筋肉を見てしまい、熱くなった顔がなかなか冷めない。

お借りした男性用のシャツを着てみると、短めのワンピースのようになって太ももの半分までしか隠れていない。しかもシャツのままでは胸が透けてしまう。

せめて上着をお返ししようと思ったが、やはり借りるしかないらしい。

下着も溶けてしまったから何も身につけていなくて違和感があるし、彼の服を着ているとなんだか良い匂いがして、先ほどの触手による刺激もあったからか妙な気分になる。

このままじゃいけないと、慌てて彼の元に戻って何度も頭を下げた。

「あの、この度は、本当に申し訳ございませんでした!!　この御恩はいずれ……」

「――ま、まって。そんなにお辞儀すると、その……」

「ひゃああ!!　ごめんなさい!!」

照れた様子の彼を見て、またやらかしてしまったと悟る。よく確認していなかったけれど、お借りしたシャツは男性もので。つまりセシリアの身体には、首元がゆるくなってしまっている。

立ち上がった状態でお辞儀をすれば、間違いなく胸の谷間がしっかりと見えてしまっただろう。

「お、お目汚しをっ!!　本当に申し訳ありません!!」

この方がいなかったら間違いなく触手に犯されて取り返しのつかないことになっていた。だから、丁重にお礼をしなくてはいけなかったのに、とんだ失態を繰り返し、情けなくて仕方がない。

今度は、腕で胸元を押さえて、また何度も頭を下げて、謝罪を繰り返した。

「あの、大丈夫だから、一旦落ち着こう……」

未だに頬を赤く染めている恩人の彼が、聞き取れないくらいの小声でぼそぼそ喋っている。この麗人は、透明感のある甘みを孕んだ低い声をしている。声帯まで完璧だなんて、一体何者なのだろうか。

「恩人に対し、見苦しいものをお見せして、申し訳ございませんでした」

最後にきっちり謝罪をして深々と頭を下げた。そしてセシリアは、もう一度口を開く。

「改めまして、このたびは魔物から助けていただき感謝申し上げます。あいにくと今は、金銭も食料も何もかも持ち合わせておりません。しかし回復魔法を使える身ではありますので、怪我などしていらしたら治して差し上げられるのですが……」

聖女として治療を行っていたセシリアは、彼が腕の辺りを擦りむいていることに気がついていた。

恐らく木の枝にでも引っ掛けたのだろう。

「回復魔法を……?」

「はい。教会で教わったのです」

彼は目を見張った。聖なる水魔法の特性を持った回復魔法の使い手は、教会に属して修練を重ねたかなり珍しい存在だ。だからきっと驚いたのかもしれない。

「なるほど。それじゃ、擦り傷だがお願いしよう」

彼は、ぐいっと肘を差し出した。怪我をしているところにセシリアが手を当てると、銀色のキラキラした魔力が光る。すると瞬く間に傷が塞がっていき、跡形もなく綺麗な肌に戻った。

ついでに今は春とはいえ、上半身裸だと冷えるだろうから、保温するための水魔法も重ねてかけておく。

「あったかい……！」

「シャツや上着をお借りしたお礼に、身体も温めておきました」

「ありがとう。銀色の魔力だったし、もしかして本物の聖女……？」

思わぬ言葉に、彼のハチミツ色の瞳を見つめる。

もしも〝本物の聖女〟だったら、この森に捨て置かれることもなかったと自嘲した。

「……いいえ。私は聖女ではありません。むしろ、母国の教会から追い出された身ですから」

しかし、恩人だとはいえ、すらすらと自分の状況を話してしまったことにセシリアは驚いた。

見知らぬ森に一人で、心が弱っていたからだろうか。

そんなセシリアに対して、彼はきょとんと不思議そうに言葉を紡いだ。

「君は、教会から追い出されるほど、悪人に見えないが……」

「……そう仰っていただけると救われます。身に覚えのない罪でしたので」

「それは……。とても大変だったね……」

初対面の人にはセシリアが罪を犯していないように見えるというのに、長年一緒にいた婚約者を始め、教会関係者に信じてもらえなかった事実に改めて落ち込み、心がじくじく痛む。

しかし憂いで曇っているセシリアの瞳には、僅かな光が差し込んでいた。

「はい。とっても大変でした。だけど、また違う場所で、新たな人間関係を作れると思うのです」

——やり直したい、これからの人生を。

そして今後は本音を零せる信頼できる人や友人が欲しい。

「……まぁ、それにはまずお洋服を買わなくちゃいけないいんですけどね。あとは住居と働き先も探さなければ……。どうやら、やるべきことは多いようです」

そう言いながら、白銀色の睫毛を伏せて小さく笑う。

すると、彼の形の良い唇から、思いがけない言葉が出てきた。

「じゃあ、うちにくる？」

「……えっ⁉」

（う、うちにくる⁉　うちって、え⁉　貴方の家ですかっ⁉）

彼の整った顔が、綺麗な微笑みを浮かべる。

「行く場所ないんでしょ。俺一人暮らしだし、部屋余ってるし。寂しいことに、恋人も奥さんもいないから」

「た、確かに、行く場所はありませんが……。でも、自分で言うのもおかしいですが、私、初対面の怪しい女ですよ⁉」

「それを気にするのは、女の子の君のほうだよ」

——森で悲鳴があがったからといって見捨てることも出来たのに助けてくれた人。

それにただ助けてくれただけじゃなく、裸のセシリアに、自分の服を脱いでまで貸してくれた紳士な彼のことを、どうしても疑いの眼差しで見られなかった。

「大丈夫です。私は、恩人である貴方のことを、信じていますから」

セシリアが自信満々に答えると、彼は困惑し「意味わかってんのかな」と呟いた。

「まぁ、君も街に行くだろう？　俺は馬で来ているんだ。仕事も終わったし、一緒に戻る？」

「っはい！　よろしくお願いします！」

こうしてセシリアは、大人しそうな黒馬の元へ案内された。

彼は慣れた様子で馬に飛び乗り、セシリアに手を差し出した。

「俺は、ムーア街の冒険者オスカー。君は？」

（そうか、この方……。オスカーさんは、ムーア街の冒険者だったんだ）

ムーア街といえば、隣国の辺境にあるのに、とても栄えている地域で有名だ。

ということは、やはりここはブロンフラン王国の森で間違いないのだろう。

セシリアは、オスカーの大きな手を握り返して、こう答える。

「私はセシリア。重ねがさねご迷惑おかけしますが、街までよろしくお願いします！」

鐙に足をかけると、手を引っ張られる。オスカーに持ち上げられたおかげで、無事に黒馬の上へ横乗りできた。オスカーが後ろから手を伸ばして手綱を握る。

「しっかり掴まって。出発するよ」

オスカーの指示で、黒馬は勢いよく森を駆けた。

前に乗っているセシリアが落ちないよう、オスカーが後ろから抱きしめるように支えてくれる。

「ごめん。よく考えたら初めて女の子を乗せる。落としたらと思うと怖いから強く抱きしめるよ」

「は、はいっ」

宣言通り、彼の逞しい片腕にぎゅうっと強く抱きしめられた。

すると彼の良い匂いに包まれて、一気に心臓が高鳴る。背中から伝わる体温に顔が熱くなって、ドキドキしているのが聞こえてしまいそう。

いたたまれない気持ちになって、気を紛らわせるため景色を見ようと前を向く。

すると今度は、手綱を握るオスカーの男の人らしく大きい手が目に入る。スッと長い指で、関節はゴツゴツとしている。所々剣だこで装飾されているところも魅力的で、セシリアの鼓動はどんどん速くなっていった。

第二章　ムーア街で始める新生活

「わあ……！」

ブロンフラン王国ヴェイリー辺境伯領のムーア街が見えてきた。

遠くに見える、異国情緒溢れる街並みの景色に、本当に違う国に来たのだと実感する。

生まれ育ったルビラ王国の建物は、石壁や白亜の壁が主流だったが、この街の建物は赤煉瓦で造られているようで温かみがある。

ムーア街の入り口へ到着すると、門の隙間から見える、素朴で可愛らしい街並みに圧倒された。

話に聞いていた通り、活気に満ち溢れていてお店も多く、やはり豊かな街のようだ。

セシリアを乗せてくれた黒馬は、門のすぐ脇にある冒険者ギルドの馬舎へ返された。

そしていつの間にか彼が、街を警備する門番へ話をつけてくれていて、二人は無事に街の中に入る。

何から何までお世話になりすぎて申し訳ないけれど、いずれ必ず恩を返そうと胸に誓って、オスカーの後をついていく。

そして、ムーア街に入って五分後。しばらく街を歩いていてセシリアは確信したことがある。

――オスカーが、かなりの人気者だということを……。

彼が一歩進むたびに、若い女性から賑やかにきゃあきゃあと声をかけられている。それで声をかけた後の女性は必ず「誰よ、あの女」といった鋭い嫉妬の眼差しでセシリアを見るのだ。

人気者のオスカーの隣を歩いているだけでも目立つのに、更にオーバーサイズの男性の服を着ているセシリアは、確かに怪しいだろう。

それに、街の人には気づかれていないと思うが、触手に溶かされたせいで下着を身につけていない。そのせいで空気が下から入り込むたび、恥ずかしさで泣きそうになる。下着を身につけていないことがバレてしまうと思うと怖い。これ以上目立たないよう俯き、必死に気配を殺してやり過ごしていた。

しかし、とうとうセシリアのことを聞かれてしまう。

「オスカーさまぁ！　お帰りなさい！　……あら？　そちらの女性は、どなたですか？　しかも何でオスカーさまのお召し物を着ていらっしゃるの？」

話しかけてきた女性の、それも猛禽類のように肌に刺さる嫉妬の睨みに、セシリアは怯む。

しかしオスカーは、その強い視線に気がついていないのか、にこやかに返答をする。

「ああ。この子は遠い親戚。しばらく面倒を見ることになったんだ。この服は、道中滑って川に落ちてしまったから貸したんだよ」

（と、遠い親戚……!?　川に落ちた!?　お、恩人に、嘘までつかせてしまったわ……）

まさかの設定に狼狽えると、眼鏡越しにオスカーと目が合う。

そのハチミツ色の瞳には「話を合わせて」と書いてあったので、大人しく従うことにした。

「ほらセシリア。挨拶して？」

「は、はい！　これからよろしくお願いします」

あまりに突然のことで、ありきたりな挨拶しか出来ず、少し落ち込む。

しかしこの挨拶でよかったようだ。女性たちはセシリアが彼の恋人ではないと分かると安堵していたから。

（……そりゃあそうよね。こんな完璧すぎる麗人、なかなか存在しないもの）

オスカーの自宅は、このムーア街の街並みに溶け込む、赤煉瓦を積んだ可愛らしい一軒家だった。

庭には春の花が咲き誇っていて、自然に生えた野草と見事に融合している。

しかし自宅の敷地に入るなり、オスカーは申し訳なさそうな顔をして、額に手を当てていた。一体どうしたのだろうと小首を傾げる。その数十秒後、彼の口が開いた。

「ごめんね。親戚とか、色々嘘ついて」

「いいえ！　こちらこそ、嘘をつかせてしまって、ごめんなさい」

お互い頭をぺこりと下げ合う。オスカーは困ったような曖昧な表情をしながら、自宅の扉を開けた。

「さ、どうぞ入って」

「お邪魔します……！」

中へ入ると広々としたダイニングルームに案内される。室内はカントリー調の家具で揃えられていて、赤煉瓦の外観の雰囲気によく合っており、とても素敵だなと思った。

「ごめんね、水しかないんだけど。ここ座って」

「ありがとうございます」

ダイニングテーブルにオスカーが用意してくれた水の入ったグラスが置かれる。指差された席に座り、彼は向かいに腰をかけると、自分の分の水を一気に飲み干した。その良い飲みっぷりを見て、自分も喉が渇いていたことを思い出し、ちびちび遠慮しながら飲み始める。

何か会話をと思ったのだが、オスカーは黙りこくっていて、思考を巡らせているようだった。考え事をしている悩ましげな表情が妙に色っぽくて、セシリアはドキドキしながら水を飲んで待つ。

グラスの水がほとんど飲み終わった頃、彼の中で結論が纏まったのか、長い足を優雅に組んでから、ようやく話し始めた。

「……この街は気に入った？」

「は、はい！　とっても！」

「それならせっかくの縁だし、俺がセシリアの保護者になるよ」

「……保護者、ですか……？」

「ん？」

「あの……。私もう成人していて、十八歳ですよ？」

「ええ？」

二人の間に、少しの沈黙が流れる。

セシリアは白銀髪で瞳は透き通った薄紫のラベンダー色だ。しかしその大人っぽい配色の印象を覆すように、垂れ目で童顔だった。昔から実年齢よりも下に見られることが多かったので、きっと彼もセシリアの年齢を勘違いしていたのだろう。

お互い気まずい雰囲気が漂っていくが、この沈黙を破ったのはオスカーだった。

「ご、ごめん。十五歳くらいかと思ってた……！」

「……き、気にしないでください……」

成人して少しは女性らしい体つきになったかと思っていたから、ほんの少しだけしょんぼりした。

ちなみにオスカーは、四つ上の二十二歳であるらしい。

（きっと優しいオスカーさんは、私のことを子供だと思ったから、保護しようと家まで連れてきてくれたに違いないわ）

ならば、保護対象ではない十八歳のセシリアとは一緒に暮らしてもらえないかもしれない。そう考えるとなんとなく寂しく思った。

しかし彼は、そんなセシリアの様子に気がつくことなく、真剣な眼差しで言葉を紡いだ。

「成人した男女が同じ屋根の下に住むなら、余計にきちんとルールを決めなきゃな」

「え……っ!? 私、大人なのに、一緒に住んでもいいのですか……？」

「もちろん。セシリアが大人でも子供でも、困っていることには変わりないだろう？ まぁ、セシリアが嫌なら無理に、とは言わないけど」

――なんて親切な人なのだろう。

（たまたま森で出会っただけの人物に、ここまでしてくれるだなんて……）

心の奥からじんわり温かくなる。彼へ伝える言葉はすぐに決まって、勢いよく立ち上がる。

セシリアは、ハチミツ色の瞳を眼鏡越しに見つめた。

「で、出来たら、一緒に暮らしたいです！　すぐに働き先を見つけて、お給料が出たら生活費も払います！　それに家を自分で借りられるまでお金が貯まったら出ていきますので！　出ていった後もオスカーさんに必ず恩返しをします。だからどうか、お願いします！」

これだけ助けてもらっておいて、一緒に暮らさせてほしいだなんて、図々しいにもほどがある。だけれど、彼と一緒に暮らしたくて、彼をもっと知りたくて。住み込みの仕事先を見つければオスカーに迷惑をかけないのに、どうしてか一緒に暮らしたいと願わずにはいられなかった。

「ははっ。じゃあ、これからよろしくね」

「……っはい！」

こうして、恩人のオスカーと一緒に暮らすことが決定した。

結局家賃や生活費は頑なにいらないと言われてしまったけれど、それではあまりに申し訳なさすぎるので、代わりにたくさん家事をやらせてもらおうと思う。

二人が一緒に暮らすことが決まった後、同居するにあたって、約束事の四ヶ条を作った。

その一　お互いの部屋に勝手に入らない。入る時はノックをしてから
その二　洗濯は各自で行う
その三　食事は出来る限り一緒に摂る
その四　追加したいルールがあれば都度言う

あまり一緒に暮らすイメージが湧かずに、最小限のルールとなった。

とにかくオスカーに迷惑をかけないように、精一杯頑張らなくちゃと意気込んだ。

「それじゃ、話し合いも終わったし、セシリアの生活に必要な服類と食材を買いに行こうか」

「あ……。確かにオスカーさんのお洋服をずっとお借りするわけにはいかないですもんね」

しかし、無一文で放り出されてしまったし、唯一着ていたワンピースや下着類も溶かされているから売るものも全くない。

洋服もそうだが、まずは下着を身につけて安心したいところ。

だけれどお金がなくて困り果てた。

「セシリア、お金のことなら大丈夫だよ」

「ですが……」

今でも拾ってもらって充分厄介になっているのに。

更にお金まで立て替えていただくなんて、あまりにオスカーに迷惑をかけてしまう。

申し訳なさすぎて、セシリアの胃がキリキリと悲鳴をあげる。

しかしオスカーが、おどけたように笑って言葉を遮った。

「俺、こう見えても、凄腕冒険者で結構稼いでるし、実は小さい頃から周りには年上しかいなくて面倒見てもらってばっかりだったから、弟や妹の存在に憧れていたんだ。だから遠慮せず、お兄さんぶりたい俺のためにも、必要なものはすぐに揃えよう？」

「……分かりました。必ずや一刻も早く働きに出て、立て替えていただいた分をお返ししますね」

「ちょっとセシリア。俺がそんなにケチくさい男に見える？　兄さん悲しいよ」

「えっ⁉」

「お金は返さなくてもいいから。お兄さん気分で妹の面倒くらい見させて？」

「お、オスカーさん……⁉」

「ほらこれあげる。もし余ったら甘いお菓子とか好きなものを買ってもいいよ」

――きっとセシリアに気を遣わせないようにわざと砕けて話してくれている。

どっさりと音を立ててテーブルの上に置かれた包みには、きっとたくさんのお金が入っているのだろう。

ここまで言ってくれているのに頑なに受け取らないのは、もしかしたら失礼にあたるかもしれない。

「……それでは、お言葉に甘えて……。ありがとうございます」

「うん。きちんと頷(うなず)けて、セシリアは良い子だね」

「っ」

にっこりと満足そうに頷いて満面の笑みを浮かべるオスカーのその表情にどきりとした。

そういえばこうして褒めてもらえることも久しぶりでかなり照れてしまう。

「そうだ。買い物ついでに街も案内するよ」

「わぁ、ありがとうございます！」

再び二人は、ムーア街へと繰り出した。

オスカーの街案内を聞きながらついていくと、商店街に入って、とあるお店の前で足が止まった。

そこはとっても可愛らしい女性向けのお洋服がショーウィンドウに並んでいる衣料品店だった。

「セシリア、服屋はここだよ。隣は雑貨屋になってる。きっと俺がいると買いにくいものもあるだろうし、すぐ向こうにある冒険者ギルドで用事を済ませてくるね。一、二時間で戻るから、ここのお店の前で待ち合わせしようか」

「はい。本当にありがとうございます」

オスカーを見送ってからお店に入ると、優しそうな店員さんが出迎えてくれた。

店内は可愛らしい刺繡の入ったワンピースや、シャツ、スカートなどたくさんあって目移りしてしまう。しかし、教会にいる時は支給品しか着ていなかったので、どのようなものを買えば良いのか、そもそもどういったものが似合うのか、全くなにも分からないことに気がつく。

そこへ困り果てたセシリアを見兼ねて、店員さんが声をかけてくれた。事情をかいつまんで話すと、店員さんに鏡の前に立つよう言われて、セシリアに似合う流行に沿ったお洋服を選んでいく。

その結果、必要最低限のワンピースを三着と、合わせやすい無地のカーディガン一着、下着類、ネグリジェ、家事用のエプロン、ポシェットなどを購入した。買ったものは、すぐに試着室で着替えさせてもらって、ようやく下着を身につけられたことに、ひどく安心した。

しかもその下着は、上質な白いレースで出来ていて心躍るデザイン。これからオスカーと生活するわけで、紳士な彼を信頼しているし絶対にないことだと思うけれど、万が一お風呂とかで遭遇しても大丈夫なように、念入りにとびきり可愛い下着を選んだのは、誰にも言えないセシリアだけの秘密だ。

次に隣の雑貨屋さんへ行く。教会でも使っていた安価な基礎化粧品や石鹸(せっけん)を始め、歯ブラシや生理用品、ハンカチやヘアブラシを買った。

（これで働き始めてお給料が出るまでは大丈夫なはず……！）

生活必需品のお買い物を済ませられたことで不安が解消された。

これも全てオスカーのおかげなので心の中で深く感謝した。


大量の荷物を持ってお店の前に出ると、既にオスカーが他の店のショーウィンドウを見ながら待っていた。ただ立ち止まっているだけで、煌(きら)めいた圧倒的なオーラを放っていて、ついぼうっと見惚(みと)れてしまう。

しかしセシリアはすぐ我に返り、これ以上待たせてはいけないとオスカーの元へ駆け寄った。

「オスカーさん、お待たせしました」

「全然待っていないよ。それより、その格好似合ってるね」

「っあ、ありがとうございます……!!　店員さんが選んでくださって……」

買ったばかりのワンピースに着替えたセシリアを早速(さっそく)褒めてくれて、嬉(うれ)しい気持ちはあれど、少し照れてしまう。

「ちゃんと遠慮しないで買えた？　必要なものは揃った？」

「はい。オスカーさんには感謝してもしきれません」

彼のお兄さんモードは、まだ続いているようだ。まるで本当のお兄さんのように心配してくれて、しかも話している最中に、さりげなくセシリアの大量の荷物を持った。

それに気がついたセシリアは、恩人に荷物を持たせてしまうなんて申し訳なくて取り戻そうとする。

しかしオスカーはというと、荷物をセシリアの届かない位置まで持ち上げた。

いくらぴょんぴょん飛び跳ねてもまったく届かなくて、さすがにじとりと彼を見上げる。

「……オスカーさん」

「ごめんね。家に着いたらちゃんと返すから。俺に持たせて？」

「でも……」

「ほら、今度は食材を買いに行くよ」

彼は無邪気にセシリアの手を引いて進んだ。繋いでいる手が大きく男らしくてドキドキする。

セシリアはこんなにもドキドキしているのに、オスカーは全然気にしていないように見える。

(きっと子供扱いなんだろうな……)

そう勝手に予想すると、何故だかずきんと胸の奥が痛んだ。


食品を買いに向かったのは、様々なお店が連なるマルシェ。お肉や魚、チーズやお惣菜、野菜やハーブ、そして色とりどりのお花を扱うお店まである。わくわくする光景に、セシリアは目移りしていった。美味しそうな匂いが鼻腔をくすぐると、どんどんお腹が減ってくる。

「お腹空いたな。何食べよっか？　というかセシリアは、今日何も食べてないんじゃない？」

「あ、確かに何も食べていません。ここ数日はまともに食事にありつけなくて……」

「え!? それならセシリアが食べたいものをたくさん買って、早めに夕食にしよう。美味しいお惣菜が色んな種類売ってるお勧めのお店があるんだ」

「わあ！ それは楽しみです」

彼のお勧めのお店は、家庭ではなかなか作れないような、手の込んだ料理がたくさん並んでいた。彩り豊かな料理が数多くあって、二人揃ってどれも美味しそうだと悩んでしまう。

「セシリアは食べられないものとかある？」

「いえ。今まで食べられなかったものはありません」

「そっか。好き嫌いがないなんて偉いね。俺は苦いから生のニンジンが駄目だ。火を通したら大丈夫なんだけどね」

ニンジンの味を思い出したのか、オスカーは綺麗な顔を歪めた。何だか子供っぽい表情に少し笑ってしまう。結局ほうれん草とベーコンのキッシュと焼き野菜のマリネ、別のお店でチーズと白ワインを購入して帰路につく。

どこのお店に行っても、皆セシリアのことをオスカーの恋人だと思ったらしく、申し訳ない気持ちでいっぱいになった。

家に戻った二人は、荷物を整理して、すぐ食事の準備をする。教会での食事は、いただけるだけでありがたいことだけれど、かなり質素だった。なので食卓に並ぶお惣菜がキラキラ輝いて見える。

ご馳走（ちそう）を目の前にして、セシリアのお腹がぐうっと鳴った。

「ははっ。早速食べようか」

「……はい」

「太陽神と月神の豊かな恵みに感謝して、いただきます」

「いただきます」

焼き野菜のマリネはとっても具だくさん。その中から根菜を選んで口に運ぶと、あまりの衝撃に、淡いラベンダー色の瞳を見開いて、嚥下（えんげ）したあとすぐに言葉が溢れた。

「……お、おいしい！」

オリーブオイルとビネガーがしっかり混ざり合ったとろみのあるソース。焼くことで甘さが増した野菜を合わせることで、さっぱりとしているけれど、しっかりした奥深い味わいになっている。

このブロンフラン王国が、美食の国と言われているのは本当のようだ。きっと食材の鮮度や、組み合わせが素晴らしいのだろう。

「美味しいよね。セシリアの口に合ったようで良かった」

濃厚なミルクの味がするチーズや、ほうれん草のキッシュが、ふくよかな味わいの白ワインによく合う。お酒を飲む機会は、お城で開かれる晩餐（ばんさん）会の時くらいだったが、いつも王太子の婚約者として粗相（そそう）のないよう気を張っていたから、じっくり味わって飲めてなかったなと今更気がついた。


おおよそ食べ終わった頃、ワインを美味しそうに飲むオスカーが、グラスを置いて「あっ」と何か思い出したような声を出した。

「オスカーさん、どうかしましたか？」

「そうだ。セシリアに言おうと思ってたことがあった。今話してもいい？」

「はい。もちろんです」

「ありがとう。さっき俺、冒険者ギルドに行っただろう？　その時に見たんだけど、受付の求人を募集しているらしいよ。ギルドの受付は、他で働くより給料が高いし、力仕事もそこまでない。だからセシリアにすごくピッタリなんじゃないかなぁって」

「本当ですか⁉　ぜひ働きたいです！」

「じゃあ、早速明日ギルドに一緒に行こうか」

「はい！　あ、でも一緒にだなんて、ご迷惑じゃないですか……？」

「大丈夫。俺もギルドで依頼（クエスト）の確認があるから」

ご自身の用事で冒険者ギルドに行っただろうに、求人を見てセシリアを思い出してくださったのが純粋に嬉しい。

早速、明日お仕事が決まるといいなあと考えながら、美味しいワインを飲んだ。

小鳥のさえずりが聞こえる。

ぼんやりと瞼を開くと、木枠がはめ込まれた見慣れない天井が、目に映った。

（……そうだ。私、オスカーさんのお家でお世話になることになったんだ）

久しぶりのベッドが心地よくて驚くほどぐっすりと眠れた。

昨晩は湯浴みも出来たし、今まで苦労した身体の疲れもすっかり取れた気がする。

今日は冒険者ギルドで面接の予定だ。

昨日買ったワンピースの中で、一番シンプルな紺色のものを選んで早速着替える。

今までは教会から支給されていた、聖職者用の太陽神と月神のモチーフが入った、白いワンピースしか着ていなかったから他の色のお洋服を着るのが、何だかとっても不思議な気分。

改めて全身鏡に映った自分を見ると、本当に聖女ではなくなってしまったのだなと実感する。

身に覚えのない罪に翻弄されたことや、婚約者を始め教会の仲間に信じてもらえなかったことは未だ傷が癒えない。聖女以外の人生を歩めるのは、王太子妃になってからだと思っていたため、複雑な感情が胸に渦巻いていく。しかしその考えを振り払うように頭を横に振って、頬をペチンと叩いた。


身支度を整えてリビングに行くと、ソファにパジャマ姿のオスカーが座っていた。眠いからか気怠げで、それがまた妙に色気がある。それにいつもかけている眼鏡を外していて、ハチミツ色の瞳に吸い込まれそう。起きてきたセシリアに気づくと、彼が少し掠れた声で言葉を紡いだ。

「おはよ」

「おはようございます」

（……あ、朝一番のオスカーさんが美しすぎて、直視できない！）

眠そうな姿があまりに色っぽくて、一気にセシリアの顔が熱くなった。動悸がすごくて、動揺を隠すようにそっと目線を外す。

そんなおかしな様子のセシリアに気がついたのか、目を擦ってぱちぱちと瞬きすると、思い出したように眼鏡をかけた。

「ごめん俺、朝弱くて。もう少ししたら目が覚めるからちょっと待って」

「は、はい！　朝食の支度をしてお待ちしていますねっ」

急いでキッチンへ向かう。頬に手を当ててると、物凄く顔が熱い。

やっとの思いでキッチンへ着くと、身体から力が抜けて、へなへなっとしゃがみ込んでしまった。

（お、オスカーさんの強い色香にあてられて、心臓が……!!）

胸がドキドキして苦しい。彼は大恩人だから、異性として意識してしまうのは避けたい。だって、好きになってしまったら、更なる迷惑がかかるもの。

でも、でも、あんな……!!　寝起きの男性にあそこまで惹きつけられる魅力があるなんて知らなかった。

（これから一緒に生活するのだし、オスカーさんに恋をしないように気をつけなくちゃ……!!）

セシリアは、ゆっくりと深呼吸をする。

それでも心臓は落ち着かなかったけれど、少し休んでから朝食の準備に取りかかった。

「セシリア、ここだよ」

「案内までしてくださり、ありがとうございます」

眠気が飛んで冒険者服へ着替えたオスカーと一緒に、冒険者ギルドへやってきた。

二人が入った途端にギルド内が騒（ざわ）めく。

人気者のオスカーが入ってきたから当然かもしれないと思ったけれど、よくよく耳をすまして聞いてみると、隣にセシリアがいることも注目を集めている原因の一つなのだと悟る。何故なら冒険者ギルドの至る所から「オスカーさまの隣にいる人は誰？」「もしも恋人だったとしたら許せない」「ああ、彼女は親戚の子らしいわよ」といった女性の声が聞こえたからだ。

（うう、やっぱりオスカーさんに物凄く迷惑がかかっている……）

申し訳なさと、罪悪感に襲われていると、オスカーが小首を傾げてこちらを見た。

「大丈夫？　顔色悪いけど、緊張してる？」

「……はい。緊張しているかもしれません」

この優しい彼はセシリアに物凄く気を遣ってくれていて周りの騒めきに気づいていない様子だった。

これだけ凄い人気だといつも周りが騒がしいだろうから、皆の声が気にならないのかもしれない。

セシリアは少し困って眉（まゆ）を下げて笑顔を作る。

緊張しているのも事実だし、これ以上心配をかけないようこの後の面接に集中しなきゃと意気込むと、オスカーがギルドの受付奥からやってきた男性に声をかけて軽く手を上げた。

「おはよう、テッド。こっちこっち」

「よう、オスカー。お前が来るといつも周りが喧しくなるが、今日は一段と騒がしいな」

「そう言われてみればそうかも。なんか珍しい依頼でもあったのかな?」

「ガハハッ！　お前は相変わらずだなァ」

邪気なく大笑いしてオスカーの肩を思い切りバシバシ叩くテッドという方は、オレンジ色の短髪で、ガタイがよく存在感がある。快活そうなハシバミ色の目が印象的な、三十代くらいの男性だった。

「まったく。朝からそんなに笑ってどうしたんだよ?　それより、ほら昨日話しただろう！　ここの受付にぴったりな女の子がいるって。もう忘れた?」

「え、お前それ本気だったのか?　オスカーが一人の女に肩入れするなんて珍しいな」

「遠いとはいえ親戚の子だからね。身元は俺が保証するよ。ほら、セシリアおいで」

オスカーが微笑みながらこちらを振り返って手招きをする。

引き寄せられるように歩み寄ると、テッドという方とぱちりと目が合った。

「初めまして、セシリアと申します」

「はー、オスカーの血筋はすごいな。美形しかいないいんじゃないか!?」

「び、美形だなんて!?　それはオスカーさんだけです」

「はは、随分謙虚なお嬢さんだ。……っと、すまないな。俺はテッド。冒険者ギルドのムーア支部、支部長だ」

支部長ということは、このムーア街の冒険者ギルドで一番偉い人だ。

もしも採用されたら上司となる方。オスカーと気軽に話していたからまさか偉い人だとは思わず、慌てて礼儀正しくスカートの裾をつまみ、片足を後ろに引いて綺麗なお辞儀をした。

その美しいカーテシーに、オスカーやテッドを始め周りにいる人たちは感嘆の吐息が漏れるほど見惚れたが、それに本人だけが気がつかない。

「支部長でいらっしゃいましたか。失礼しました、本日はよろしくお願いします」

テッド支部長は、はっと我に返ってセシリアに返答する。

「ああ、よろしくな。セシリアちゃん、早速これから面接で大丈夫かい？」

「はい！　貴重なお時間をいただきありがとうございます！」

受付の中に案内されてテッドの後を追う。

ふいに視線を感じて振り返れば、オスカーのハチミツ色の瞳と眼鏡越しに視線が重なった。

口パクで「が・ん・ば・れ」と言われると、緊張していた心が一気にほぐれて、足を動かすたびに、勇気がみなぎってくるようだった。


支部長室という部屋に案内されて、来客用のソファへ座るよう促される。遠慮がちに腰をかけると、テッド支部長は、棚から取り出した石板をドカッとテーブルに置いてこう言った。

「この石板に手を置いてもらえないか？」

石板には魔術式が細かく彫られている。セシリアは魔法を使えるが、魔術式については学んだことはなかった。だから、手を置いたことでどのような結果をもたらすか想像もつかない。

(――けれど。ただ単に、指示を素直に聞くかどうか試されているだけかもしれない)

セシリアにとって今一番大事なのは、恩人オスカーにこれ以上迷惑をかけないということだ。

しっかり指示に従おう。そう思って小さく息を吸った後、勇気を振り絞って石板に手を載せる。

その瞬間、石板から白いキラキラとした魔力が出てきた。手には違和感はない。この石板の反応はどういうことかとテッド支部長の反応を窺う。するとテッド支部長は、ニカッと笑って拍手した。

「おめでとう。合格、採用だ」

「……え？　ええっ!?」

唐突な採用通知に驚きを隠せない。

セシリアの様子を見て、テッド支部長は悪戯が成功したような得意げな顔で説明を始めた。

「その石板は冒険者ギルドの機密を守る、信頼できる人物かどうか判断するものなんだ。冒険者ギルドは国営だからその辺、厳しくてな。つまり白い魔力が出たセシリアちゃんは、機密を守れる貴重な人材ってこと」

テッド支部長がお茶目にウインクをする。

そうしてようやく採用が決定した実感が湧いてきた。

「っあ、ありがとうございます!!」

母国の教会から追放されたセシリアが〝信頼できる人物〟だと、客観的に認めてもらえた。

この事実が、堪らなく嬉しかった。

「これからよろしくな。セシリアちゃん」

「はい！　これからよろしくお願いします！」

この国でなら、本当に人生をやり直せるかもしれない。

今までは裏切られたり、信じてもらえなかったりすることが多かったけれど、それはセシリアからも歩み寄れなかったからかもしれない。今思えば自分がもっと周りを見ていればと後悔ばかりだ。

でも、だからこそ、これからは新しい人間関係を作って一人でも本音を零(こぼ)せる親しい人を作りたい。

信頼してもらうのに多少時間がかかっても、困った時に味方になってもらえる、心強い味方を手に入れる。

――これからの未来に希望を抱いて、自然と頬が緩んだ。

第三章　魔性のＳＳランク冒険者さん

冒険者ギルドで働き始めて三週間が経(た)った。

真新しいジャボ付きブラウスに袖を通して、ビスチェとスカートの制服を着れば、冒険者ギルドの受付嬢スタイルに変身する。初めは着慣れない自分の制服姿を鏡で見るたびにびっくりしていたが、最近はようやくこの格好にも慣れてきた。

まだまだ見習い中だが、新しい仕事を覚えるのは、少しずつ一人前に近づいている気がして楽しい。早く一人前になって、もっと冒険者ギルドの職員たちや、冒険者の皆さんのお役に立てるような人間になりたいと、強く思うようになっていた。

「セシリアちゃん。あっちの掲示板(クエストボード)にこの依頼票(クエストカード)を貼ってきてもらえる？」

「はい！」

冒険者は掲示板を見て、気になった依頼票を受付に持って行って手続きする流れだ。

新しい依頼(クエスト)があると、手の空いたギルド職員が掲示板に貼る。

（えーっと、新しい依頼は何かな……？）

勉強のためにも依頼文を読んでみると、Ａランク以上の魔物討伐依頼だった。

早速(さっそく)掲示板に貼り付けようとすると、後ろから声がかかった。

「セシリア、仕事頑張ってるね。……あ、それ見せて」

「オスカーさん！」

最近一番聞き慣れている低くも透明感のある声。振り返ると、異次元級の麗人が立っていた。

二人の同居生活は大きな問題もなく、セシリアは穏やかに暮らしている。

「はい、どうぞ」

「お、ありがとう。これ俺が受けるよ」

冒険者ギルドの受付に採用された時も、オスカーは喜んで自宅でお祝いしてくれた。

その時、嬉しさのあまり泣いてしまったのはここだけの話だ。

「分かりました！　それでは受付へお願いします」


オスカーを受付まで案内して手続きに入る。セシリアは昨日から手続きの一部を任されていた。

「こちらは、Ａランク以上の冒険者とパーティーが、お受けできる依頼票です。場所はヘイズの森で、討伐対象はバジリスクです。どなたかと一緒に参加されますか？」

「……そっか。セシリアは知らないのか。俺はずっとソロなんだ」

「お、お一人で!?」

「ああ」

そういえば初めて出会った時も一人だったなと思い返す。けれどソロで凶暴なバジリスクを倒すことなんて出来るのだろうかと心配しながら、オスカーに差し出されたネックレスタイプの冒険者証に視線を向ける。その冒険者証を見た瞬間、驚きで固まってしまった。

（お、オスカーさんって、ＳＳランクだったの!?）

新人冒険者は登録時に木板で出来たＥランクの冒険者証を渡されて、ランクが上がっていくごとに冒険者証の素材が高価なものに変わっていく。Ａランクはゴールド、Ｓランクはプラチナ。そして最高ランクのＳＳにもなると希少なドラゴンの魔石になる。

――そう。オスカーの冒険者証は、真っ黒色のドラゴンの魔石で出来ていた。

セシリアが研修で聞いた話によると、ＳＳランクはドラゴンの群れをも一人で倒せるとんでもないほど強い実力の持ち主らしい。このブロンフラン王国では、ＳＳランクは五人いる。

だからオスカーは、この王国で五本指に入るほど強いということだ。

「ごめんね。隠すつもりはなかったんだけど」

びっくりして言葉も出ないセシリアに対して、綺麗（きれい）な形の眉（まゆ）を下げるオスカー。

セシリアはお仕事中であることを思い出し、慌てて冒険者証を受け取った。

「申し訳ありません。すぐに手続きしてしまいますね」

「うん。よろしく」

手続き用の石板に依頼票をかざして、次にオスカーの冒険者証をもう一度かざすと、ぱあっと光る。

「お待たせしました。オスカーさん、気をつけて行ってらっしゃいませ」

「うん。行ってくるね」

手続きが完了した冒険者証を渡すと、オスカーは首から下げて服の中に隠した。

受付から去るオスカーの背中を眺めながら、完璧な美形の持ち主が、まさか強さまで兼ね備えているなんて、余程神々に愛されているのだなぁと感嘆して見送り、また違う業務に入った。

◇◆◇

冒険者ギルドの受付の業務は夕方で終わる。

午前中に依頼の手続きを済ます冒険者が多く、朝はバタバタと忙しかったが、午後になると落ち着いてきた。そのため出来る手続きを増やすべく研修の時間になった。

研修内容は、冒険者が依頼を受けて採取してきた素材を買い取る手続き。

ポーションに使われる素材の中でも取引の多い〝癒し花〟の現物をＣランク～ＳＳランクまで見せてもらって、花弁の状態や葉の量で細かくランクが分かれ、買取価格が変わることを学んだ。

ちなみに買い取った素材は、商業ギルドや王宮、教会に卸したりするのだとか。冒険者ギルドは国営なので王宮とは原価で取り引きすることも教えてもらった。

研修が終わった後にバジリスクの討伐が完了したと受付で手続きをしていたオスカーを見つけて、とても安心した。ＳＳランクなのだから負けることはないと分かってはいても、バジリスクは目が合ったら最後、死を迎えると言われているから不安だったのだ。

勤務中に仕事の覚えが早いと周りの職員たちに褒めてもらえたので、嬉しい気持ちで帰路につく。

オスカーの家に帰ると灯りがついていて、鍵をあけると彼が出迎えてくれた。

「セシリア、おかえり。今日もお疲れさま」

「ただいま戻りました。オスカーさんも、討伐お疲れさまでした」

オスカーはお風呂上がりのようだった。漆黒の髪がしっとりと濡れていて、艶やかな色気を感じてしまう。いつもかけている眼鏡も、お風呂から上がった直後だからか外していて、ハチミツ色の甘い瞳が露出している。ふわっと石鹸の良い香りがして、ついその色香に酔いしれそうになる。

そこでいつもの呪文を心の中で唱えた。

（オスカーさんは大恩人、オスカーさんは大恩人）

彼を見ていると、不思議なほどに惹かれていく。意識を誰かに乗っ取られそうなほど、強い衝動がセシリアの中で膨らんでしまう。

しかしそんな感情を大恩人である彼に向けることなど図々しくて出来ない。

「これから食事の支度をしますね」

「ありがとう。いつも任せっきりでごめんね」

「いえ、全然大丈夫ですよ！　むしろ私が居候している間は、このくらいさせてもらえないと困ります！」

平静を装って会話をしながらキッチンへ急いで、手を洗ってエプロンをつけて、料理を作る。

といっても、昨日の夜作っておいたポトフを温めて、ハーブで味付けしたチキンを焼いて、さっと炙ったパンを添えるだけだけれど。

実は聖女として奉仕活動をしていた頃、炊き出しもやっていた。だから多少は料理が作れる。

母国よりもこちらの国のほうが食材の質が良い。なのでどんなに簡単な料理でも、より美味しく出来ることが嬉しくて、ついセシリアはお腹いっぱい食べるのだった。

ダイニングテーブルへ出来た料理を運ぶと、美味しい匂いに誘われて、眼鏡をかけたオスカーがやってくる。一緒にお皿を運んで席に着くと二人はそれぞれ両手を合わせた。

「太陽神と月神の豊かな恵みに感謝して、いただきます」

「いただきます」

食後、庭にある椅子に座り星空を眺めながら話すのが、ここ最近の二人の習慣だ。

春風が少しひんやりとするけれど、食後で体温が上がった身体を冷ますにはちょうどいい。

「……しかし、オスカーさんがＳＳランクだったなんて、本当にびっくりしました」

「ははっ。受付でびっくりしてるセシリアは可愛かったな」

横のオスカーを眺めたらとっても綺麗に笑っていて、自然と頬が赤く染まった。

すると視線を感じたのか、彼は突然眼鏡を外して、セシリアの瞳をじっと見つめた。

視線が交わると何故だか目が逸らせない。

顔の火照りが収まらず目を逸らそうとすると、ふいに顎に大きな手を添えられた。

「ひえっ！　お、オスカーさん……!?」

「目を逸らさない」

この世のものとは思えないほど美しすぎるお顔が近づいてくる。

どんどん熱が上がって、セシリアの呼吸が浅くなっていく。

（お、オスカーさん、急にどうしてしまったの……!?）

彼の色っぽいお顔が近づいてくるにつれ、恥ずかしくて、胸が苦しくなって切ない。

とうとうセシリアの瞳が潤み始めた頃、ようやっとオスカーの手が、顎から離れた。

「……やっぱり、俺の魅了にかからない……？」

嬉しいような悲しいような、複雑な表情を浮かべているオスカーに戸惑いを隠せない。

何が何だか分からないセシリアは、ぽかんと彼を見つめた。

「み、魅了、ですか!?」

「うん。俺は生まれた時から、魅了スキルを持っているんだ」


話が長くなるからと、庭からダイニングに戻った二人はいつものように向かい合わせに座っている。

眼鏡を外したままの彼は不思議そうな顔で肘(ひじ)をつき、首を傾(かし)げながらセシリアをまじまじと見つめた。

「今までこの魅了スキルですごく苦労して生きてきたんだ。俺と目が合うとね、だんだんと相手の瞳に俺の魔力が入っていってしまう。まるで今日倒したバジリスクみたいだよね。男性より女性のほうがかかりやすくて、魅了を和(やわ)らげることは出来るけど、完全になくすことは出来ない……」

「もしかして、だから眼鏡をかけていたんですか!?」

「そうだよ。この眼鏡には、魅了を抑える魔法がかかっている。だから冒険者の仕事もパーティーを組まずにソロで活動してるんだ」

「眼鏡にそんな秘密があったんですね。ソロで活動しているのも納得です」

思い返してみれば、眼鏡をしていない時も、視力が悪いようには見えなかった。

それに眼鏡を外している時のほうが、色香に惑わされていた気がすると、妙に納得した。

「セシリアは、俺に完全に魅了されない。魅了の途中で一瞬は俺の魔力が入るけど、すぐにセシリアの魔力に押し返されるんだ。一分も視線を合わせ続けると、普通は、俺に迫るほど魅了されるのにね」

「あれ……？　でも先ほどは、一分以上目を合わせていましたよね……？　それに、朝眠そうなオスカーさんが眼鏡かけていない時もあったたし、さ、さっきも!!　さっきもお風呂上がりでかけていませんでしたよね？　──わ、私が魅了されちゃったら、ど、どうするつもりだったんですか……!?」

「……それもいいかなーって」

「──っ!?」

オスカーが悪戯（いたずら）っぽい雰囲気のあどけない笑みを浮かべる。それを見て、驚きで目が丸くなると同時に、心臓が止まりそうになった。顔が熱くなりすぎて湯気が出そう。どう反応していいか分からず、おろおろとしているセシリアを見た彼は、肩を震わせて大きく笑った。

「ははっ。ごめん、冗談だよ。魅了を解けるように訓練してるから大丈夫」

「……も、弄（もてあそ）ばないでください……!!」

とっても親切な大恩人ということは変わらないけれど、オスカーの少し意地悪なところにびっくりして、じとっと見つめてしまう。ハチミツ色の瞳と視線が重なると、セシリアはこう告げた。

「でも私、既にオスカーさんに魅了されていると思うんです」

「は？」

「綺麗なオスカーさんを見ていると、色香にあてられて鼓動が速くなって……。それって魅了スキルの影響ですよね？　お手数ですが、魅了を解いていただけませんか？」

（オスカーさんと一緒に生活をしていると、好きになってしまいそうで、本当に困るもの）

こんなにお世話になっている大恩人を異性として好きになるだなんて、どれだけオスカーに迷惑をかけてしまうだろうと考え、切実に訴えた。

一方彼は虚をつかれたような表情をする。

その後で顔を片手で覆い、そっぽを向いて言葉を絞り出した。

「……やだね」

拗(す)ねたような声色で言葉を紡(つむ)ぐオスカーは、顔がうっすらと赤くなっていた。

しかしセシリアはそれに気がつくことなく、言葉の意味だけを受け取っていた。

「え、ええ!?　な、なんですか……!?」

「……さっき、言ったろ？　セシリアは俺の魅了が完全には効かないって」

「つえ、でも、そんなはず……」

――だって初めて会った時に、彼が美しすぎて見惚(みと)れていた。

婚約者であったヨハンネス王太子殿下には感じなかった胸の高鳴り。恋をしないように気をつけなきゃと自制するほど、オスカーの色香に酔っている。

そこでふと、セシリアは気がつく。

(あれ⁉　もしかして私、魅了スキル関係なくオスカーさん自身に惹かれているってこと⁉　それならさっきの言葉は、告白したも同然なんじゃない⁉)

羞恥心でいっぱいになったセシリアは、顔を赤くしたり青くしたり忙しい。

しかしこれは絶対に誤解を解かなければならない。しどろもどろになりつつも、自分の手をぎゅっと握って、力強く必死にオスカーへと言葉を紡いだ。

「ご、ご安心ください！　大恩人であるオスカーさんを異性として好きになんてなりませんから‼」

「へえ？」

「はい。これ以上ご迷惑なんてかけられませんので……‼」

「ふうん……」

どんどんオスカーの顔が曇っていって、気怠(けだる)げに足を組み直してから、長い睫毛(まつげ)を伏せる。

そんな彼の様子を窺(うかが)いながら、セシリアはおずおずと呟(つぶや)いた。

「……あの、オスカーさん。何か気に障(さわ)ることを言ってしまいましたか……？」

「うん。ちょっとね」

「ご、ごめんなさい……っ‼」

胸が苦しい。オスカーに魅了されているなんて言わなければよかったと、後悔に苛(さいな)まれた時だった。

彼の手が、セシリアの華奢な手を掴む。

はっと、オスカーを見上げると、ハチミツ色の瞳が熱を帯びていた。

「――俺のこと好きになってもいいよ」

「……っ!?」

「セシリアからの好意は、迷惑じゃないから」

とてつもない甘い囁きに、胸がぎゅっとなって苦しくなる。その蕩けた眼差しに捕まってしまって、目を逸らしてしまいたいのに、何故か逃れられない。

彼の指がセシリアの指に絡められて、手を繋ぐようにぎゅっと握られた。指先から熱が伝わって、鼓動が苦しくなってゆく。

「それとも、俺のことは好みじゃない……？」

「っ!?　まさかそんなオスカーさんを好みじゃないと言う人なんている訳ないです!!」

「ふうん。じゃあ、セシリアも好みだと思ってくれてるのかな」

手を握ったまま、不敵な表情を浮かべているオスカーに見つめられると、許容量がいっぱいになる。

この後どうやって自室に戻ったか覚えてはいない。

第四章　私の幸せな解熱剤

朝起きてリビングへ行くと、いつも通りのオスカーに戻っていた。

きちんと眼鏡をかけて眠そうな表情で欠伸をしながら「おはよう、セシリア」と挨拶されて、それがセシリアを余計に混乱させた。

昨夜のことを思い出すと心臓が煩くなる。あの魅惑的な言葉の数々は、きっと悪い冗談だろうから、真に受けちゃいけないのに、意識してしまって胸が苦しい。

（ただでさえ、好きにならないように気をつけているのに、心がぐらぐら揺れてしまう……）


冒険者ギルドへ出勤する道中も、頭の中はオスカーのことでいっぱいだ。

あの時、繋いだ手から伝わってきた彼の体温、甘く蕩けたハチミツ色の瞳、透明感のある低い声。忘れようとしても頭に焼き付いて離れない。

しかし職場に着くとだんだんと頭がお仕事モードに切り替わっていく。すれ違うギルド職員にきちんと挨拶をしていくと、頭の中が冷静になってくる。頭の中の混乱は、いったん休戦だ。

更衣室で制服に着替えて、業務を開始しようと受付へ向かうと、何やら大きな話し声が聞こえてくる。いつもなら手続き開始前の冒険者ギルドは職員しかいないため静かなのに、何があったのだろうと内心首を傾げながらも歩みを進める。

「もう我慢出来ない。やっぱり私、聞いてくる！」

「やめておきなよ。真面目でいい子なのに、可哀想だって」

「そういう清楚ぶってる奴が一番、あざとい反則技使ってんのよ」

どうやらあまり話したことはない受付嬢の先輩二人が言い争いをしているようだ。あの二人は仲良さそうだったが一体どうしたのだろうと疑問に思った時、彼女らとパッチリ目が合ってしまった。

次の瞬間、一人の先輩はキッと目がつり上がり、もう一人の先輩はため息をつくと額に手を当てた。

「ねえ、話があるんだけど！」

「わ、私ですか……？」

後ろを振り返っても、左右を見渡しても、誰も見当たらない。

ということは、セシリアに話しかけているようだ。

「あんた、オスカーさまと一緒に住んでるんですってね」

「は、はい」

圧が強くて一歩下がる。鬼の形相とは、まさにこのことなのだなと目の前の先輩を見て思った。

「ファンの皆がそれぞれ出し抜かないように、せっかくオスカーさまと一定の距離を保ってたのに!!

ポッと出のあんたがなんでなのよ!?　どんな卑怯な技を使ったのよ!?」

「ちょっと、ライラやめなって」

「アンは黙ってて！」

先輩のライラは、相当頭に血が昇っているようだ。セシリアは大きく息を吸って言葉を発した。

「ライラさん！　思っていることを、直接言ってくださってありがとうございます！」

「……は？」

昔、聖女になることが決まった時も、周りの人からよくやっかまれていた。

当時は、頻繁に物を壊されたり陰湿な嫌がらせが多く、物損があると本当に迷惑で辛くて、直接言ってくれればいいのにと何度思ったことか。そんなこともあったから教会内に友人も出来なかった。

だからこうして直接物申してくれるライラが、なんて親切な人なのだろうと心の底から感激した。

「皆が言いにくいことを仰ってくださるだなんて、ライラさんは優しいんですね」

「何？　煽ってんの？」

「いいえ。思ったことを率直にお伝えしたまでです。……しかし、オスカーさんが決められたことに対して、お咎めを仰るのは少し違うとは、個人的に思います」

「なにが言いたいわけ」

腕を組んだライラは、高圧的な態度で一歩前に出て、セシリアに向かい合う。

オスカーのファンであるライラに、どうにか分かってもらいたくて、セシリアは真摯に訴えた。

「私は無一文で捨てられた身。それを拾って自立するまでご自宅で面倒を見てくださると決めたのはお優しいオスカーさんです。驚くほど寛大で情け深い、まるで聖人のようなオスカーさんを、むしろ賞賛するべきではないでしょうか？」

自分のことはどう思われても構わない。けれど、彼が決めたことに異論を唱えるのは、また違う話なのではないだろうかと思って、図々しくも自分の意見を伝えてしまった。

すると、一瞬毒気がとれたかのように、ライラはポカンと我に返ったような表情を浮かべて、それに対しもう一人の先輩であるアンは彼女の腕を引っ張った。

「ライラ、貴女の負けよ。ほら謝りなさい」

「ぐぬぬ！　ふんっ、悪かったわね！　でも確かにあんたの言うことにも一理あるわ。人助けするなんてオスカーさま素敵！」

　まるでさっきまでの怒りはなかったかのように、ライラは仕事に戻っていった。それに呆れたようなため息をつくアンがセシリアに話しかける。

「セシリアさん、ライラが悪かったわね」

「いいえ。むしろあのように思うのは当然だと思います。オスカーさんは異次元級の麗人ですから」

「ふふっ。貴女のこと気に入ったわ。もしも気を悪くしていなければ仲良くしてね、セシリアさん」

「えっ。本当ですか!?　よろしくお願いします！　アンさん」

　差し出された手を握り返すと、彼女は大人っぽい綺麗な笑みを浮かべた。

　夕暮れ時。なんとか今日も仕事を終えて家に帰る。冒険者ギルドからの帰り道はすっかり慣れたものなのに、この時に限ってはセシリアの足取りが重かった。
（色々あって少し疲れたかもしれない。帰ったら、早く寝よう……）
　午後から頭痛に襲われていて身体が重怠い。今日は仕事でのトラブルが多かったし、慣れない土地での新生活に疲れが出たのかもしれない。幸いにも明日は休日だから良かった。

オスカーには申し訳ないけれど、夕食はいつもより簡単なものにしよう。

一日寝たら治ると思うから、完治したら手の込んだ料理を作ろう。

買い置きのチーズとハムがあったから、パンを焼いてブルスケッタにしたらいいかな。作り置きのスープもあるし、と思考を巡らしていると頭がぼーっとしてくる。

何だか寒気もしてきてガクガクした足で、やっとの思いで帰宅すると、彼が出迎えてくれた。

「ただいま戻りました」

「セシリア、おかえり。今日は遅かったね……って、どうした!?」

オスカーの顔を見たらなんだか安心してしまった。

力が抜けて玄関で崩れ落ちる。

(――あったかい)

セシリアを支えるオスカーの逞しい腕が心地いい。また迷惑をかけてしまうからしっかりしないといけないのに、起きあがろうとしても身体が言うことを聞いてくれない。

「おい、セシリア!?」

彼の大きな手がセシリアのおでこを覆うと、その手が少しだけひんやりして気持ちよくて擦り寄る。

そして、そのまま意識が途絶えた。

心がくすぐったいほど暖かくて、おでこがほんのり冷たいような感覚がする。

何か忘れているような、ふわふわとした気分。重い瞼を懸命に開けると、オスカーから与えられた自室のベッドで眠っていた。

数秒の思考の後、ようやっと玄関で倒れたことを思い出す。

きっと優しいオスカーがベッドまで運んでくれたのだろう。

(またオスカーさんにご迷惑をかけちゃった……)

居候の身なのに家事もせずに倒れるなんて、どうしようもないほど情けないなと落ち込みながら、怠い身体を起こそうとする。しかしその時、自分の手に違和感を覚えた。

「ん、あれ？　起きた……？」

「ひぁっ。お、オスカーさん!?」

よくよく手元を見ると、オスカーの大きな手に包み込まれていた。

そして寝起きで眼鏡をしていない彼は、ふわっと欠伸をした。

「ごめんね。お互いの部屋へ勝手に入らないってルール決めてたのに入っちゃって。女の子の寝室に入るのは躊躇われたんだけど、俺の寝室に連れ込んでベッドに寝かせるのはもっとマズいかなって」

透き通ったハチミツ色の瞳が申し訳なさそうに揺れて、長い睫毛を伏せた。

そのしおらしい仕草が、溢れんばかりの色香を放つ。

しかし落ち込んでいたセシリアは、その色香に影響されずに、ひたすらしょんぼりとした。

「オスカーさん。ご迷惑をおかけして申し訳ありませんでした」

「そんなことは大丈夫だよ。それよりも自分の心配をしてほしいな。すごい熱だったんだから」

「あ、熱まで出て……」

「もしかして真面目なセシリアのことだから、ギルドの連中にも迷惑をかけないように体調悪いことを我慢して耐えてたんじゃない？」

聖女の時は代役もいなかったし、体調を崩しても悟られないようにしていた。

だから今回も無意識に体調が悪いことを周りに隠してしまっていたと気がついて、何となく居心地が悪くなり、彼から目を逸らす。

するとオスカーは、思い出したかのように襟ぐりに下げていた眼鏡を取り出して耳にかけてから、セシリアの顔を覗き込む。

「その反応は当たりかな。これからは我慢しないで、もっと周りを頼って」

「わっ！」

彼のゴツゴツした手がおでこへ置かれて、ようやく濡れたタオルが置かれていることに気がついた。

ただでさえ居候の身なのに、仕事を増やしてしまって申し訳ない気持ちでいっぱいになる。

「ぬるくなってる。タオル替えようか」

「……何から何まで、ごめんなさい」

いつかこの家から出ていかなくちゃいけないのに甘えてばかりだ。風邪で心まで弱ったセシリアは、恩人に迷惑ばかりかけていることに、やるせない気持ちでいっぱいになってゆく。

目の奥から、自然と涙がじわじわ込み上げてきて、瞬きと同時に頬へ伝う。

泣き始めたセシリアを見て、慌てた様子のオスカーが恐るおそる優しい手つきで涙を拭って囁いた。

「気にしなくていいんだよ。新しい仕事も始めたし環境の変化に疲れが溜まっていたんじゃないかな。こっちこそセシリアが疲れているのに気づかなくてごめん」

「お、オスカーさんが謝ることではありません!! これは私の体調管理の甘さからくるもので……っ」

「ううん、自分を責める必要は全くないよ。セシリアがいつも頑張ってるのは、俺がよく知ってるから」

「っ……!」

「もっと俺に甘えてもいいんだよ。迷惑なんて思ったことないから、身体を休めることだけを考えて。もしも出勤までに治らなくてもギルドの連中には俺が知らせるから」

「オスカーさん……」

セシリアのことを気遣った優しい言葉の数々に、心が温かくなって、また涙が一粒零れていく。

そっと慰めるように頭を撫でられると、ささくれた心をも撫でられたような感覚になった。

「何にも心配いらないから、そんなに泣かないで。それよりお腹空かない?」

「……あ。少し、空きました」

「うん、素直でいい子だ。じゃあ、パン粥を作ってくるから、ゆっくり休んでて」

「ありがとう、ございます……」

オスカーに頭を撫でられている感覚に安心したのか、だんだんと睡魔が襲ってきた。

それに逆らうことなく、ゆっくり重い瞼が閉じていくと、再び眠りについた。


次に目が覚めたのは、良い匂いが鼻腔を掠めた時だった。

鼻をすんすんと動かすと、懐かしいミルクの甘い香りがする。

途端に亡き母が昔にパン粥を作ってくれたことをぼんやり思い出す。

「あれ、起こしちゃった?」

オスカーが、申し訳なさそうに小さな声で言葉を紡いだ。

セシリアが起きたところで、まったく気にする必要ないのに。

「ん、大丈夫です。良い匂いがして……」

「体調はどう? せっかく起きたし少し食べる?」

最近よく見慣れた器に、美味しそうなパン粥がよそってある。もしかしなくてもオスカーが作ってくれたものだろう。温かい気持ちでいっぱいになると同時に、作ってもらって申し訳なくなる。

だけれど、せっかく作ってくれたのだから、ちゃんといただきたい。

「ぜひ、食べたいです」

「よかった。セシリアのために作ったから」

「……っ、嬉しい。ありがとうございます!」

セシリアのために作られた料理。

それは、うんと小さな頃以来だった。果てしない喜びが、心の中にじんわりと広がる。

「オスカーさんは、何か食べられましたか？」

「うん。俺も味見がてらパン粥を食べた。セシリアが作ってくれる美味しい料理ほどじゃないけど、味は保証するよ」

彼が柔らかく笑うと、器とスプーンを持ってパン粥を掬(すく)い取り、「ふーふー」と息を吹きかけて、冷ましたパン粥をセシリアの口元に運ぶ。

「あーん」

「えっ⁉　あ、あの……？」

「ほら、口あけて」

「で、でも。自分で食べられますから……‼」

「こんな時くらい甘えてほしいんだけど、ダメかな？」

「だ、ダメではないですけど……！」

(恥ずかしすぎる。だけどオスカーさんがここまで言ってくれているのに、絶対断れない)

目をぎゅっと瞑(つぶ)って、勇気を出して口を開けると、ふわとろなパン粥が入ってきた。

チーズも載っていてミルクの味が濃い。懐かしい素朴な味に、自然と頬が緩んだ。

「おいしい、です！」

「ははっ。口に合ってよかった。じゃあ、もっと食べて」

「ありがとうございます……っ」

その後も、オスカーが口元に運んでくるパン粥を、夢中で食べ進めた。

羞恥心はあれど、とっても美味しくて、温かい。

（こんなに良くしてもらって、オスカーさんファンの人たちに怒られちゃう）

でもこの幸せな思い出を誰にも知られたくない。

今だけは、独り占めしたい。

彼の優しさにつけ込むだなんて絶対に駄目だって分かっているけれど、この欲望はどんどん膨らんでいってしまうから困り果てた。

「ごちそうさまでした」

「完食して偉い。明日は仕事休みだったよな」

「はい」

「じゃあ、明日も一日寝て、しっかり身体を休めること。分かった？」

コクリと縦に頷くと、食器類を持って彼が部屋から出ていこうとする。

扉を開ける前に、オスカーがもう一度セシリアを見ると、寂しげな顔をしていた。

「セシリア？」

オスカーに覗き込まれると、咄嗟にぎゅっと毛布を掴んでしまう。

一人になるのが寂しくて、でもそんなこと言えるはずがなくて、呼びかけられても俯くしかない。

「やっぱりセシリアが寝るまでここにいる。それでもいい？」

図々しいこの感情が伝わってしまったみたいだ。しかし切ない気持ちには抗えなくて小さく頷いてしまった。

あやすように髪の毛を撫でてくれる大きな手が心地良くて、自然と目が閉じていく。

(――やっぱり私は偽聖女だったのね)

本物の聖女なら、きっと誰かを独占したいなんて思わないはずだから。

でも、今日だけは。

今日だけは、どうしてもそばにいてほしかった。

熱が出てから、しっかり丸二日間休ませてもらって、出勤の日には身体の怠さは消えていた。

「セシリア、本当にもう大丈夫?」

「はい。オスカーさんが付きっきりで看病してくださったおかげで、すっかり良くなりました」

「本当に……?」

疑わしい顔で覗き込まれて急接近する。

綺麗すぎるお顔がセシリアの目の前で止まると、おでことおでこがコツンと重なった。

「うん。ちゃんと熱が下がったみたいだ」

「っ!?」

(お、おでこで、熱を測るだなんて……!)

途端にセシリアの顔が、かあっと赤く染まった。

「あれ？　顔赤いけど、やっぱりまだ熱があるのかな？」

骨張った大きな手がセシリアのおでこに伸びると、今度はまた違う恥ずかしさでいっぱいになる。

「本当に本当に大丈夫です！　それでは行って参ります！」

そして逃げるように家を出て、冒険者ギルドまで向かった。


外の風にあたっても、顔の熱が全然冷めない。

それどころか、どんどん上がっていくような気さえした。

（だめ……。オスカーさんのこと、どうしても意識してしまう）

考え事をしていると冒険者ギルドにあっという間に着いた。すれ違った職員に朝の挨拶をしながら更衣室に入ると、中には誰もいない。一人隅のほうでうずくまると、ふいに先日の言葉が思い出された。

『――俺のこと好きになってもいいよ』

『セシリアからの好意は、迷惑じゃないから』

捨てられた自分を助けて、手を差し伸べてくれた優しすぎる人。

婚約者だったヨハンネス王太子殿下とは違って、思いやりがあり、人の気持ちに寄り添ってくれて、しまいには付きっきりで看病までしてくれた。

（こんなの、本当に好きになっちゃうよ……）

受付業務を開始すると、早速冒険者の列が出来て、ギルド内は賑やかになる。

「セシリアちゃん、おはよー。これよろしく」

「おはようございます。こちらの依頼票(クエストカード)のお手続きですね。いつも通りパーティーでのお申し込みでよろしいですか？」

「ああ。もちろん」

　冒険者のほとんどは、複数人でそれぞれの役割を決めて依頼(クエスト)をこなすパーティーを組んでいる。魔物を倒すには複数人で戦ったほうが確実だから、オスカーのようにソロで活動している人のほうが稀(まれ)だ。

　そしてパーティーを組む冒険者の中には、派手にお酒を飲み歩いて、夜遊びをすることを生き甲斐(がい)としている陽気すぎる人も少なくない。――そう、今手続きをしている方のように。

「なあ。前も誘ったけどさ、やっぱ一緒に飲みにいこうよー。楽しいぜー？」

「ごめんなさい。私、家の仕事があるので……」

「そんなの一晩くらいなんとかなるだろう？」

　こうやって誘われていると、手続きを待っている冒険者たちの列が、どんどん伸びていく。

　このままではいけない、キッパリと断らなくてはと、気合いを入れて息を吸った時だった。

「おい。俺のセシリアを連れ出されたら困る。家に帰ってからの楽しみを奪わないでくれよ」

　後ろから、列を掻(か)き分けて現れたのはオスカーだった。〝俺の〟という言葉に顔がぼっと熱くなる。確かに拾っていただいたから、彼のものなのかもしれないけれど。

「わぁ！　オスカーさん！　でもちょっとくらいなら良いじゃないですか～！　過保護ですよ！」

「過保護で結構。家族みたいなもんだからな。ほらお前のせいで行列だ。さっさと行った行った」

「ちぇっ。分かりましたよー」

……家族、とは、やっぱり妹扱いなのだろうか。

そういえば出会った日にも、兄のように振る舞ってみたいと言っていた。

熱くなった顔が一気に冷えていくのが分かる。

(好きになってもいいって言ったのに、それは妹としてってこと……?)

もやもやする。

今まで生きてきた中で、こんなにうじうじすることなんてなかった。でも今は仕事中。列も長いし、迷惑をかけないように集中しなくちゃ。

その後、セシリアは必死に冒険者の列を捌いていった。他の受付窓口の列も同様にはけていく。

視界が良くなって彼の姿を探すと、冒険者ギルド内の隅で女冒険者のパーティーに囲まれていた。

そのうちの一人が、オスカーの正面に立っている。

周りのパーティーメンバーは応援しているように見守っている雰囲気。

(確かあの女性は、以前から恋する眼差しで積極的にオスカーさんに話しかけていらした方……)

――これはもしかして……。

「オスカーさま、好きです! 付き合ってください!」

彼女はとうとう勇気を出して告白したようだ。

顔を真っ赤にしながら、大きな瞳を潤ませてオスカーを見つめるその姿は、傍から見ても可愛らしい女性だと思う。同じく告白シーンを目撃した先輩のライラは、「何よあれ! ルール違反にも程があるわ！」と、受付カウンターで地団駄(じだんだ)を踏んでいた。

手続き業務をしながらも、セシリアの心がざわめいて、冷え切った指先をぎゅっと握る。

しばらくすると、冒険者ギルドの扉についたベルの音が鳴り響いて、告白をした女冒険者とオスカーの後ろ姿が視界に映った。

仕事中なのに、外へ出ていったオスカーたちにどうしても意識がいってしまう。

（オスカーさん、あの方とお付き合いをなされるのかしら……）

お世話になった身としては、仮に交際することになってそれが彼の幸せになるなら、祝福するべき事柄である。しかし、どうしても苦しくて祝いの言葉を伝えられる気がしない。

身勝手だけれど、彼女とは付き合わないでほしい。せめて居候している間だけは恋人を作らないでと、醜いことを願ってしまう。

（……私、オスカーさんのこと好きになっちゃったんだ）

いや違う。初めて会った時にはもう手遅れで、きっと一目惚(ひとめぼ)れ、だったのだと思う。

（オスカーさんとどうこうなれるとは全く思わないけど……）

泣きそうな自分を落ち着かせるため、ゆっくり深呼吸をする。

（いくら彼を好きになってしまっても、やるべきことは今までと変わらない。私はオスカーさんに助けてもらった以上に、たくさんの恩返しをするだけ）

そう決意を固めて、仕事を進める。

――しかし、セシリアの心は痛いままだった。

ここ最近の冒険者ギルド内は、色めき立っている。

といっても、ある人物の周りだけであるが……。

「オスカーさま、好きです！　一度だけで良いのでお情けを……！」

「告白してくれてありがとう。でも、自分の身体は大切にしてね」

先日冒険者ギルドで一人の女性が想いを告げたのを皮切りに、オスカーは怒涛の勢いで告白されていた。昼下がりの今もまた一人、勇者の女性が出陣して、呆気なく敗れていった。

受付でその光景を眺めながら、ぷりぷり怒っている先輩のライラを横目に、アンがぼそりと呟く。

「まただわ」

「また、ですね」

セシリアは苦笑いを浮かべるものの、彼の顔色がどんどん悪くなっていくので、心配で仕方がない。

ライラも同じ考えのようで「何よあれ～!?　ほんっっとに、どうかしているわ!?」と憤慨しながら仕事を進めていた。

「この流れで告白するなんてあり得ない!!　オスカーさまのことをちっとも考えていない非常識な女たちだわ!!　本当に好きならオスカーさまに迷惑をかけるんじゃないわよ!!」

「まあまあ。仕事中なんだから落ち着きなさい」

「だってぇー!!　ムカついて仕方がないんだもの～ッ」

確かにライラの怒りの言葉はもっともだと、セシリアは心の中で大きく頷く。

ここ最近の彼は、本当に疲れ切っていて元気がない様子だから。


——結局オスカーは、告白した全ての人にお断りしているようだった。

それは直接本人から聞いたわけではないが、丁重に断られたと告白した子が漏らしたようで、街中にその噂が広がっているから、有名人は大変だなとため息をついた。

「セシリアさん、ちょっと良い？」

「は、はい！ ライラさん、どうかなさいましたか？」

「馬鹿な女たちがオスカーさまの家にまで行ったりするかもしれないから、出来る限り貴女が追い払って守ってあげて。彼のファンとして本当に心配してるの」

激しく怒っていたライラが急にしおらしく表情を曇らせた。アンも心配そうに頷いている。

「そうですね。確かに家まで来られると、オスカーさんはもっと参ってしまいそうなので、出来る限り私がお守りしますね」

「ええ。私たちも出来ることがあったら協力するわ」

「心強いです。ありがとうございます」

「よーし!! 私たちでオスカーさまをお守りするわよ〜」

「いや、ライラと私が出来ることはないでしょ」

やる気満々のライラに、冷静に突っ込むアンのテンポ良い会話に思わず笑ってしまう。

最初こそオスカーが誰(だれ)かと付き合うかもしれないと心が大きく揺さぶられた。

今はもはや告白される回数が多すぎて、オスカーの心配しかしなくなったのが正直なところだけれど、きっと優しい彼の負担になっているだろう。同居人としてしっかりサポートしたいなと改めて思った。

仕事を終えて家に帰ると、いつも灯(あか)りがついているリビングが、暗闇(くらやみ)に包まれていた。

(オスカーさん、まだ帰ってきてないのかしら?)

魔法灯に魔力を通して灯りをつけると、途端に人影が見えた。

「ひっ!」

びっくりして息を呑(の)むと、ソファにうずくまっている男性が一人。

「お、オスカーさん……!?」

綺麗(きれい)なお顔が膝に隠れてしまって表情を窺(うかが)えない。

しかし背中からどんよりしたような雰囲気が醸(かも)し出されていた。

「も、もしかして……!?　風邪(かぜ)、うつしてしまいましたか!?」

「ううん」

慌てて駆け寄るセシリアに、ようやっと返ってきた声は、少し掠(かす)れていた。

「……でも、疲れた。しばらく外に出たくない」

「ええっ⁉」

「……魅了のスキル捨てたい……。みんな迫ってくる……」

これはやはり、連日の告白の嵐が堪えているのだろうか。

作った食事は完食してくれているが顔色もよくなかったし、一人ひとり丁寧に告白への返事をしていた。

（ライラさんたちの心配が現実になってしまった……）

暗黙のルールが破られた途端こんなにも告白する人が現れるのだから、オスカーが消耗してしまうに決まっていたのだ。そんな彼の力になりたい一心で、セシリアは言葉を紡いだ。

「オスカーさん、しばらくお家でゆっくり休んでください。食料調達だとか、必要なことは同居人である私がやりますから」

「ありがとう。すごく助かる」

彼が大きなため息をついてようやっと顔を上げる。その憂いを帯びた表情を見た途端、胸が苦しくなった。オスカーは疲れ切った様子で、ぽつりぽつりと語った。

「告白されている最中も、魅了を解いてるんだけど。解いても解いてもどんどん魅了されていくから怖くて。みんなセシリアみたいに、魅了スキルが効かないと良いんだけど……」

「そ、そんなに大変なんですね……」

確かにそれは怖いかもしれない。

そこで良いことを思いついたセシリアが、勢いよく立ち上がる。

「あ、そうだわ！　オスカーさん、一緒に来てもらえますか？」

「う、うん」

彼の手首を掴んで、庭へと移動する。

庭に何の用だろうと不思議そうな顔をしているオスカーに、セシリアは得意げな笑顔を見せた。

「セシリア？」

「見ていてください」

集中するために深呼吸をする。

そして家の敷地全体に魔力が行き届くように張り巡らせ、手を組んで祈る。

「聖なる水の精霊よ。この土地に加護を授けたまえ」

辺り一面に、銀色の魔力がキラキラと星空に舞うと、一気に神聖な空気に変わった。

（良かった、まだ腕は衰えていないみたい）

ちょっとした儀式が終わって振り返ると、その幻想的な景色にオスカーは言葉を失ったようだった。

「気休めかもしれませんが、この敷地に加護を与えました。簡単に言えば結界ですね。この敷地に入った人は状態異常回復がなされるので、オスカーさんの魅了スキルによる影響も、きっと解除されるでしょう」

この魔法は、魔物除けにも使われる。聖域に魔物は入れないからだ。セシリアは聖女時代、奉仕活動で訪れた土地に、瘴気による体調不良を治すのも兼ねて、よくこの結界魔法をかけて回っていた。

あの時もその地域の方々が、今のオスカーのように驚いてくれたなと、少し懐かしくなった。

「だから、オスカーさんのファンの方が、魅了の影響で来たとしても、告白を留まって帰ってくださると思います」

お世話になりっぱなしの自分でもお力になれることがあって良かったと、満足げに微笑む。

すると、ようやく我に返ったオスカーが真顔で呟いた。

「セシリア」

「はい」

突然名前を呼んでどうしたのかと首を傾げると両肩に手を置かれた。オスカーのただならぬ雰囲気にきょとんとしてしまう。何か不都合でもあったのかと思えば、彼の形の良い唇が大きく開いた。

「こ、これは国宝級の結界だよ!?　こんな小さな家に簡単に使ってたら、教会に狙われるよ!?」

「え、国宝級……？　そ、そんなことありませんよ。いつもお守り程度に使っていた結界ですし……。元婚約者には『これくらい出来て当たり前だ』とも言われていましたし」

「何、その婚約者!?　何を思ってそう言ってんの!?　怖いんだけど!?」

いつも穏やかで大人なオスカーが、珍しく取り乱している。

そういえば、師であるパウロ大司教や大司教派の派閥の神官たちはよく褒めてくれた。けれどそれはセシリアが聖女だから持ち上げてくれたのだと真に受けていなかった。

「セシリア。こういう希少な魔法は不用意に使っちゃだめ。教会に囚われちゃっても良いなら構わないけど。……俺のためにやってくれたことなのに、こんなこと言ってごめん」

しゅんとしてしまったオスカーは、自分の頭をがしゃがしゃと乱雑にかいた。

(オスカーさんは、本気で私のことを心配してくれているみたい)

セシリアの心に、ぽかぽかとした春の風が吹いた。彼の優しい気遣いがとっても温かい。

もし本当に結界が希少な魔法だったとして、教会に保護されたら気軽にオスカーに会えなくなるだろう。それは何としてでも避けたい。

「オスカーさん。心配してくれてありがとうございます」

「ううん。セシリアは俺の魅了スキルにかからない唯一の人だし、出来ればこの先も一緒にいたいって思うんだ。だから自分のために言ってるだけだよ」

オスカーから零れる言葉は、いつもより弱々しい。

「……それにセシリアが思うほど、俺はそんなに綺麗な人間じゃないしね」

そう言って自ら蔑む様子の彼は、どこか歪な表情を浮かべていた。


久しぶりに魔法を使ったのでほんの少しだけ身体が疲れている。また風邪を引かぬよう身体の疲れを癒すためにお湯を張ったバスタブにゆっくり浸かって、物思いに耽る。

あの後、教会関係者に見つかったら大変だからと、家の敷地にかけた加護を取り消すようにオスカーが言ったけれど、どうしても彼が心配だったから、頑として取り消さなかった。もちろん強く反対されたものの、最終的にほとぼりが冷めるまでという期限付きで折り合いがついた。

しかし家まで告白しにきた人にお帰りいただくよう結界を張ったが、それでは根本的な解決には至らない。そもそも魅了スキルを抜きにしたって、彼は心優しい性格で顔も良すぎる人だから困る。

(もっと私に出来ることがあれば良いんだけど……)

そこでふと、この状況を一緒に憂いてくれていた職場の先輩二人の顔が思い浮かんだ。

確か今日『何か出来ることがあったら言って』と話してくれていたし、相談して頼ってみることも一つの方法かもしれないと閃いた。

思い立ったら止まれない。勢いよくバスタブからじゃぶんと上がって、オスカーに相談してもいいか許可を得ようと、急いで身体の水分をタオルで拭いた。

◇◆◇

翌朝。雲ひとつない春空で清々(すがすが)しい陽気だった。

いつも通り仕事へ向かうセシリアを彼がお見送りをしてくれて家を出る。

昨夜、先輩のライラとアンに相談することをオスカーに提案したら、魅了にかかってもなお、理性的に判断できる二人だから、是非にとお願いしてもらえた。

可能なら今日相談したいなと意気込みながら、冒険者ギルドへ急ぐと、いつもより早く着いた。

更衣室の扉を開けたらタイミング良く先輩のアンが着替え終わったところだったので、声をかける。

「アンさん、おはようございます」

「あら、おはよう」

「あの、少し相談したいことがあるんです。もしよかったらお昼休憩を、ご一緒させていただけないでしょうか？」

「それは良いけど、ライラも一緒よ。騒がしくなるけど大丈夫？」

「もちろん大丈夫です」

むしろ熱狂的なオスカーファンであるライラがいたほうが心強い。

無事相談に乗ってもらえることになって、セシリアはホッと一息ついた。


お昼休憩になると、冒険者ギルドの屋上へ移動した。

二人に連れられるまま、初めてここまで上がってきたけれど、屋上には薬草が植わった花壇やベンチがあって過ごしやすそう。

下に落ちないように設置された鉄格子の柵に、手を置いて景色を見渡すと、ムーア街が一望できた。遠くの山々まで見えて、屋上にいると空が近いように感じてくるから不思議だ。

「ここ、良い眺めでしょ」

「はい！　あそこの花壇で育てている薬草も、どこかに卸したりしているんですか？」

「ええ。自家栽培のほうが原価は下がるから」

「そうなんですね。勉強になります」

「ふふ、セシリアさんは真面目ね。でもここは薬草の花壇があって休憩中の職員が寄り付かないの。仕事中にいつも見ている薬草を休憩中にまで見たくないって人がほとんどだから、ここは穴場なのよ」

「確かに、私たち以外誰もいませんね」

「だから内緒の話をするのにぴったりな場所ってことよ！」

ライラが得意げな笑顔を浮かべ、アンも頷いていた。

三人でベンチに座り、冒険者ギルドの食堂でバスケットに詰めてもらったパンを皆で食べながら、セシリアは勇気を振り絞って、彼女たちに相談を始めた。


「どうやったら、オスカーさまへの告白が減るか……？」

「はい。やはり連日の告白ラッシュで、オスカーさんが疲れ果ててしまっているんです。お優しい方なので、断るのも辛いのだと思います」

「あー、やっぱりそうなるわよね。もうこの際、オスカーさまの負担を考えずに告白するやつ、皆くたばれば良いのよ!!」

「ちょっとライラ。そういう危ない発言はやめてよね」

アンに窘められてもなお、彼女はブツブツ呪いをかけるような勢いで、彼に告白した人の名前を呟いている。そんなライラの様子に苦笑しながら、アンが冷静に人差し指を立てて提案する。

「あ、告白するのを諦めさせるのには、婚約者がいるって噂を流せば良いんじゃないかしら」

「ええ!?　オスカーさまに婚約者!?」

「ライラ、声が大きい。例えばの話だから。でも、オスカーさまがこの街に来てから、彼に浮ついた話がないから、案外実際に大切な人がいるのかもしれないわね」

（オスカーさんに、大切な人……）

胸がぎゅっと苦しくなる。

しかし今はオスカーのために相談をしているのだ。しっかりしなくちゃと口を開く。

「確かに婚約者がいる人に告白だなんて、普通は出来ないと思います」

「そうよね。街ですぐ噂になるし、外聞悪いものね」

すると、アンは閃いたように、目を輝かせながら言葉を発した。

「あ！　男色家というのはどう？」

「アン！　それはダメ！　今度は男性からたっくさん告白されちゃう！」

ライラが咄嗟に突っ込んだ。そしてアンがしみじみと呟く。

「……あの美貌を持ち合わせているのも、色々と大変なのね」


お昼休憩が終わって下へ戻ると、支部長のテッドが職員にお給料袋を配っていた。

今日は、セシリアにとって、初めてのお給料日。

早速渡されたお給料袋の中の明細を見たら、想像以上にお給料が多くて目を見開いた。何かの間違いではないかと、慌ててテッドに聞くと『ギルドの職員は魔法の石板で信用できる人間だと分かってるから高いんだ』と言われた。

午後の業務も特にトラブルはなく、夕方すぐ退勤することが出来た。

急いで制服から私服に着替えて、冒険者ギルドを出る。

(今日は、少しだけ贅沢な夕食にしよう)

今後の独り立ちのためにお金は貯めなくてはいけない。

だけれど、オスカーには少しでも元気になってほしいからご馳走を作りたい。

……でも自立しなくちゃいけないのに豪華すぎるものを買うのは違う気がする。

ということで、悩みに悩んで、いただいている食費にプラスし、いつもよりちょっと良いハムとチーズを買うことにした。加工肉は、彼の大好物だからだ。

マルシェで買い物をして、急いで家に帰る。

辺りはすっかり暗くなってきたけれど、今夜は家の灯りが灯されていて、なんだかホッとした。

「ただいま戻りました」

「おかえり！　あ、買い物をありがとう」

オスカーが出迎えてくれると、昨夜よりもずいぶん顔色がよくなっていた。手を差し出してくれたので一つの荷物をお渡しする。ずっと心配していたから、顔を見られて安心した。

「いえ。それより来客はありませんでしたか？」

「うん。人の気配はあったけど、セシリアの結界のおかげで帰っていったよ。それに聖域になってるからか、調子が戻るのが早いね」

「わ、よかったです……！」

彼の言葉を聞いて、ぱあっと笑顔になる。今のセシリアの信条は、オスカーの役に立って恩返しをすること。だから、少しでもオスカーのお役に立てたことが、何より嬉しかった。

「あー、美味しかった。セシリア、本当にありがとうね。ごちそうさま」

「喜んでいただけて良かったです！」

ちょっと豪華なハムとチーズは、彼に物凄く喜んでいただけた。

その笑顔を見て、ほんの少しでもオスカーの元気が戻りますように、とセシリアは小さく祈った。

いつもは食後、庭にある椅子に座って、星空を眺めながら話すのが定番だが、あいにくの雨が降ってきた。窓越しにも、シトシトと雨音が聞こえる。

リビングのソファに隣り合わせで座ると、いつもよりも距離が近い。

眼鏡を外してハチミツ色の綺麗な瞳がよく見えてしまっているし、それにオスカーの良い香りまでしてくるものだから、セシリアの心臓が壊れそうだった。

しかし、今日の成果を話さなければならない。

冷静になるために、小さく深呼吸してから、言葉を紡いだ。

「オスカーさん。昨夜言っていた通り、今日ライラさんとアンさんに相談に乗ってもらったのですが……」

「本当に聞いてくれたんだ。ありがとう」

ハチミツ色の瞳と目が合う。けれどやっぱり距離が近い。少し動いただけで肩と肩が触れてしまいそうで、そのことを意識しないように、彼の顔を見ることなくセシリアは話を続けた。

「はい。婚約者がいるっていうことにしてはいかがでしょう？　婚約者がいる人に告白するのは外聞が悪いですし。例えば実在しない架空の恋人の設定を考えて、周りに話すのがよろしいかと」

「……確かに、そうだね。でも街のみんなを騙しているみたいで申し訳ないな……。俺の魅了スキルのせいなのに……」

その声色が僅かに曇って、心配に思って勇気を出して彼を見ると憂わしげな表情を浮かべていた。

漆黒の長い睫毛を伏せて話すその姿は、セシリアの庇護欲を掻き立てた。

「確かに、純粋にオスカーさんのことを好いている方には心苦しいですが……。しかし、オスカーさんの心と身体の健康が一番大切だと思うのです」

切実に訴えると、オスカーは少し考えるような仕草をした。そして思考が纏まったのか、足を組み直して、セシリアの頬に触れた。

「ひえっ！　お、オスカーさん!?」

急な接近に一瞬で顔に熱がこもる。

綺麗すぎるお顔が触れてしまいそうな距離にあって、直視できず、きゅっと瞼を閉じた。

それから、耳に彼の形良い唇が近づいて、オスカーの甘やかな声で囁かれる。

「じゃあさ、婚約者役をセシリアがやってよ」

耳に吐息がかかって、ぴくりと身体をよじる。脳内が蕩けそうな甘い声で、セシリアの思考が一瞬停止する。言葉の意味を理解できたのは数秒後で、驚きの声が零れた。

「え、えぇ!?」

（婚約者役って、私がオスカーさんの婚約者のふりをするっていうこと⁉）

セシリアは赤く染まった顔で、彼の隣に並ぶ自分を想像してしまう。

好きな人の婚約者のふりをするだなんて役得すぎる。それはセシリアにとって幸せかもしれない。

けれど頭を振って想像を打ち消す。ハチミツ色の瞳を見つめて、セシリアはこう告げた。

「ほ、本物の人間の婚約者役は、必要ないのではないでしょうか……⁉」

「なんで？」

首を傾げるオスカーに、セシリアが、慌てて説明する。

「だ、だって。ただ単に、婚約者の存在を明かすだけで、いいのでは……⁉　先に言った通り恋人の設定も考えて、その通りに話せば充分ではありませんか⁉」

「それだと詰めが甘くて、その婚約者が存在しないことがバレてしまうかもしれない。実際に婚約者として、セシリアが姿を現したほうが確実かなって」

そ、それは、確かにそうかもしれないけれど……。

（オスカーさんのファンである皆さんに納得してもらえる婚約者役だなんて、私に務まるの……？）

――彼を助ける大事な役目を、本物の婚約者に婚約破棄された自分に出来るのだろうか。

頭の中でぐるぐる悩みながら考えていると、それを見た彼がぽつりと呟く。

「……でも、セシリアに、迷惑がかかるよね……」

途端に彼が、しゅんと、子犬のように項垂(うなだ)れた。その切なげな表情に、胸がギュンと苦しくなる。

（オスカーさんを落ち込ませてしまうなんて、何やっているの、私……）

しかし、一つだけ気がかりなことがあった。すぐにでも良いお返事をしたくなるのを抑えて、恐るおそる伺ってみる。

「あの、オスカーさんに、恩返しが出来るなら本望ですが……。その、誤解を受けたら困る、お慕いしている、お好きな人とか、大切に想っている方とかは、いらっしゃらないんですか……？」

聞きながら少し後悔する。だってオスカーが考える素振りを見せたから。

彼のことを好きだと自覚したセシリアには、その沈黙が怖くて、ほんの数秒が長い時間に感じた。

「うーん。それは内緒。ゆくゆくね？」

「え、えぇ⁉」

明確な答えが出なかったことに、少しホッとする。

しかし、またすぐに、心がざわざわした。

「まぁ、誤解されて困る人はいないから、心配いらないよ。迷惑極まりないと思うけど、これは魅了スキルが効かないセシリアにしか頼めないんだ」

ということは、もしかして、忘れられない人とかがいるのだろうか……。

なんだかそう考えるだけで胸が切なくて苦しい。彼と一緒になりたいだなんて、図々しいことは考えていない。しかしそれでも、やっぱり心は素直に反応してしまう。

「分かりました。謹んでお受けします」

切なくても、苦しくても、嬉しくても、好きになってしまっても。

どんな感情であっても、恩人であるオスカーの役に立てるなら、なんでもやって恩返しをしたい。

「ありがとう、セシリア」

彼が嬉しそうにお礼を言ってくれたから、自然と微笑みが浮かんだ。

――その瞬間、オスカーの薄手の白いシャツの内側から眩しいほどの赤色が光った。

服の中に隠れていた冒険者証のネックレスが浮遊して彼の目の前で止まると、より一層眩いほどの赤い光に照らされていく。

「あ……」

「緊急要請だ」

Ａランク以上の冒険者は、非常事態の際に、冒険者証が光る仕組みになっていると、冒険者ギルドで習った。オスカーは、最高ランクのＳＳ。緊急要請には従わなくてはならない。

「赤い光は、スタンピード……」

「ああ。その通り、魔物の大群だ」

この街に危機が迫っていると分かり息が詰まった。

魔物は瘴気から生まれ、その瘴気が深まるにつれて魔物は強くなり、大量に世に放たれていく。

瘴気が沼のように濃くなると魔物の大群が発生して、そこから生まれた凶暴で強い魔物が一斉に、街や人を襲う。聖女が儀式を行うことで魔物の発生が抑えられるため、セシリアが聖女の時には起こらなかったけれど、知識として覚えている。

（確か、魔物の大群に襲われた街や村が壊滅した記録が残っていた）

記録と同じことがこの大きな街で起こるかもしれないと考えてしまい肝が冷える。

そんなことは絶対に起こってほしくないと拳を握って、オスカーの背中に声を張り上げる。

「私も行きます！」

急いで、家を出て行こうとするオスカーを追って玄関に向かう。セシリアが追いかけてくるのが分かると、彼は立ち止まって振り返った。

「セシリアは目立っちゃ駄目だろ。また教会に囚われたらどうするんだ。俺がすぐなんとかするから」

「でも……」

「家で待っていて。幸いにも、この敷地はセシリアのおかげで聖域だ。だから、魔物は来ないだろ？でも一応、保護魔法もかけておくな」

おでこにキスが落とされて、オスカーの唇が触れたところから、暖かい魔力が伝わってくる。

彼が強いことは分かっているけれど、魔物の大群だなんて、とてつもなく心配だ。

「ごめん、行ってくる」

彼はそう言い残すと、雨の中、走り去って行った。

途端に雨脚が強くなる。遠くから雷鳴も聞こえて、春の嵐のようだ。

セシリアは、必死に神々へ祈った。魔物が鎮静化するように、皆が命を落とさぬようにと。

しかし無情にも、街の警報である鐘が鳴り響く。その後、大きな悲鳴が響き渡った。

「っ!?」

慌てて庭先へ出て暗い夜空を見上げると、ムーア街に向かう魔物の大群が見えた。

居ても立ってもいられなかったセシリアは、そのまま家を飛び出す。

(オスカーさん、ごめんなさい)

心配してくれているのは分かっているが、保身のために救える命を救わないなんて無理だ。

(この街全体に加護を、結界を張らなくちゃ)

そのためには、街の中心である、冒険者ギルドに行かなくちゃいけない。

腕を大きく振って、足を動かす。

走って走って走って、息も絶え絶えで、苦しい。

でも止まれない。

(どうか、間に合って……!!)


暗闇の中、冒険者ギルドの扉を開けると、魔法灯の明かりが眩しくて目を細める。警報の鐘の音を聞いて集まったのか、要請を受けていないBランク以下の冒険者も集まっていた。

セシリアは、冒険者らの間をかき分けて進み、迷いなく階段を駆け上がる。目指すは街の全体を見渡せる〝屋上〟だ。

途中、顔見知りのギルド職員がこちらに気がついたので、息切れしたまま必死に言葉を紡ぐ。

「あれ? セシリアちゃんっ⁉」

「っ、この街全体に、魔物が入らないよう、結界を張ります!」

「へ?」

「出来たら、テッド支部長に、ご報告をお願いします……っ!!」

全速力で走って、膝が震える。でもセシリアはようやく目的地まで辿り着いた。

屋上へ出て、ゆっくりと歩み、胸に手を当て、少し息を整える。

真っ黒な雲に、轟々と吹く強い風。横なぐりの雨に打たれたまま、己の魔力を一気に放出し、よく通る声を張り上げた。

「聖なる水の精霊よ。このムーア街に、加護を授けたまえ」

雨にセシリアの銀色の魔力が反射して幻想的に光り輝き始めると、ゆっくりと舞い踊る。

その瞬間、セシリアの纏うオーラが、神聖なものに変わった。

片足に重心を置き、足先を半歩前に出す。指先にまで神経を張り巡らせ、魔力が街全体を覆うよう意識する。くるりと回って、跳ねて。また回る。

(聖女の神器はないけど、やり遂げてみせる)

街全体を覆う結界を張るには、範囲が広いため、本来聖女の神器で舞を踊る必要がある。

けれど思い返した。自分を受け入れてくれた、この街の人たちを。その想いが力になっていく。

(守りたい……。いや、絶対に守る……!!)

舞を続ける。銀色の魔力が一層キラキラと輝く。

すると、街全体が結界で覆われた。きちんとこの街に加護を与えられた手応えを感じる。

「ま、間に合った……っ」

緊張から解き放たれて、膝から崩れ落ちるように地面へと座り込む。

――これで魔物の群れが街を襲うことはなくなるはずだ。

「セシリアちゃん、大丈夫か⁉」

「あ……。テッド支部長……！　みなさんも……‼」

声の正体はテッド支部長だった。

ふと屋上の出入り口に目をやると、ギルド職員や冒険者たちで人だかりになっていた。

「勝手なことをしてすみません。私は大丈夫です」

苦笑いでテッド支部長を見ると、真剣な眼差（まなざ）しでこちらを見ていた。

「セシリアちゃん、この結界はどれほど保（も）つ？」

今回は聖女の神器を使って舞っていない。神器の力があれば、もっと早く結界を張って、長い間維持できたのにと、悔しさを滲（にじ）ませながら呟いた。

「恐らく、一ヶ月ほどかと」

「えっ⁉　そんなに保つのか⁉」

「は、はい……」

「ありがとう！　恩に着る」

驚いて感謝して手を握ってくるテッド支部長に、セシリアはびっくりしてしまう。

神器もなく不十分な出来なのに、こんなに感謝してもらえるだなんて。

「よし、お前ら！　街の守備は最小限にして、魔物をぶっ潰すぞー！」

テッド支部長が、声高らかに宣言すると、雄叫（おたけ）びが上がる。

どうやらかなり士気が上がったようだ。

◇◇

魔物との戦闘は、朝になると終結した。徐々に冒険者や義兵団が街へ帰ってくる。セシリアは惜しみなく怪我人たちへ貴重な回復魔法を施し、周りを驚かせた。一晩中動き回って、ひたすらに魔力を使っていたため、セシリアの体力は限界に近づいている。

けれど疲れている様子など微塵も見せず、怪我人を安心させるような微笑みで対応していた。

そしてまた一人の怪我人を治す。朝陽に照らされて、回復魔法をかけるセシリアは、街の皆が見惚れるほど美しい。もちろん、そんなことセシリアは気がついていないが——。

「すげえ、本当に治った。ありがとうございます、セシリアさま」

「さま、だなんて。もっと気軽に呼んでください」

笑いながら返事をしていると、途端に視界が歪んで、くらりと身体がよろめく。

「あっ」

「セシリア！」

よく聞き慣れた声に呼ばれた瞬間、身体を抱き止められる。

安心する香りと、少しの血の匂い。

「オスカーさん……！」

無事で良かった。美しすぎるお顔を見て、何だかホッとして、力が抜けてくる。

しかし次の瞬間に、オスカーの吊り上がった目に怯んでしまう。

「こんなふらつくまで力使ってたんだろう！　危ないから家にいてくれって言ったよな」

「ご、ごめんなさい……！」

オスカーの声はそれほど大きくはないけれど、その声は絶対零度まで降下しており、場を凍らせた。

そこに怪我を治してもらったばかりの冒険者が、セシリアを庇って言葉を発する。

「おいおい、オスカーさんよ。セシリアさまは、まるで聖女さまのように結界を張って、怪我まで治してくれたんだぜ？　そんな言い方はねえだろ」

「うるさい。セシリアは大切な人なんだ。心配するに決まってるだろう」

オスカーが冷たい口調のまま、ぎろりと冒険者を睨む。

周りにいる人たちは、次々と『大切な人』という言葉にざわついている。

(た、大切な人……!!)

もちろんセシリアの心の中もざわつく。

もしかしたら昨晩話していた、婚約者のふりをしているのかもしれない。それでも今までの人生で誰にも『大切な人』と言われたことがなくて、嬉しさのあまり顔が熱を帯びた。

「セシリア、帰るぞ」

「え、でも。まだ怪我人が残って……」

初めて見るオスカーの不機嫌そうな表情にドギマギする。

それによく考えてみたら、まるで抱きしめられているような体勢でゼロ距離だ。

「あいつらは塩でも塗っておけば治る。セシリアが気にすることじゃない」

「し、塩⁉　きゃっ」

急に身体が浮いたかと思えば、横抱きにされてしまった。視界が高くなってびっくりして、オスカーの首に抱きついてしまう。

「ひあぁ…………っ⁉」

大好きな人のお顔が物凄く近くて、つい情けない声が出た。

びっくりするほど間近で、ハチミツ色の瞳と眼鏡越しに目が合うと、熱くなって溶けてしまいそう。

「セシリア、帰ったら説教だからな」

「は、はいぃぃ」


オスカーに横抱きにされたまま、帰路につく。

道中恥ずかしくて、セシリアはずっと顔を両手で覆っていた。家に着くまでそれほど人とすれ違わなかったのが幸いだ。

「あ、あのオスカーさん。そろそろ家に着いたので……」

「ん？　だめだよ。セシリアはこのまま、抱っこの刑」

「っひえ」

（……抱っこの刑って……⁉）

セシリアを抱えたまま、器用に玄関扉を開け、歩みを進める。魔物との戦いで疲れているだろうに、女性一人を抱っこして移動しているのだから、オスカーの体力は底知れない。

ぼふっとソファに座ったオスカーは、重いため息をついて言葉を紡いだ。

「はぁ。セシリアが結界を張ったって聞いて、心臓止まるかと思った」

「ご、ごめんなさい……。街の皆さんが死傷してしまうことが、何よりも恐ろしくて……」

オスカーは、膝の上に乗っているセシリアのほっぺを、むぎゅっと摘んだ。

「いひゃっ」

「俺はセシリアが手の届かないところに行っちゃうほうが嫌だ」

「……っ」

まるで迷子の子供のような顔をして、縋ってくるのだから、セシリアの心臓がぎゅっと苦しくなる。

セシリアはほっぺたを摘むオスカーの手を包み込んで、間近にあるハチミツ色の瞳を見つめた。

「オスカーさん。私は貴方から離れません。仮にこの国の教会に勧誘されたとしてもお断りします。私にはオスカーさんに、深い恩を返す使命がありますから」

（これからもずっと、オスカーさんのおそばにいたい）

あの日、あの時、あの場所で、オスカーに出会っていなかったら、触手に犯されていた。そのままもっと恐ろしい魔物に襲われて命を落としていたかもしれない。

運良く生き残って街に辿り着いたとしても、屋根のあるところで生活できず、仕事にもありつけなかったかもしれない。こんな悪夢は何度も見た。

「ほんとうに?」

「はい。オスカーさんに、もういらないと言われるまでは」

「そんなこと言うわけないだろ」

穏やかな声色に包まれながら頭を撫でられて、じんわりと嬉しい気持ちが滲んでいく。

オスカーに必要とされることが何よりも幸せに感じる。お叱りの場なのに不謹慎にもそう考えてしまい、なんて自分勝手なのだろうとセシリアは自己嫌悪する。

しかしオスカーは、どこまでも優しくてセシリアに手を差し伸べる。

「じゃあさ、お金が貯まっても、ずっとこの家にいてくれる?」

「えっ?」

「俺、もうセシリアがいない生活なんて、全然考えられないんだ」

ぎゅううっとキツめに抱きしめられて、首筋に顔を埋められる。オスカーに求められて心が満たされる感覚がした。

(オスカーさん、そんなに私の料理を気に入ってくれたのかしら……?)

お互いお昼は外で食べるから、毎日作るのは朝と夜だけだけれど、美味しい美味しいとたくさん食べてくれていつも嬉しく思っていた。本当に食いしん坊なのだなと思って、セシリアはくすりと笑う。

悪い予感がしたオスカーは、顔を埋めたままくぐもった声で問いかけた。

「今、何考えてる?」

「え? オスカーさんが、私のお料理を、随分気に入ってくださったのだなぁと」

するとオスカーは、がばっと顔を起こし、セシリアの肩を掴んだ。

「いや、確かに気に入ってるけど、違うよ!?」

「……え、そうなんですか……?」

必死な形相で、目をカッと見開くオスカーを見て、セシリアはきょとんと首を傾げた。

オスカーは一生懸命に、セシリアに想いを伝えた。

「一緒にいたいのは、セシリアが近くにいてくれるだけで穏やかな気分になるし、楽しいし、幸せだからだよ!? それにセシリアが一人暮らしなんてしたら、男にぱくっと食べられちゃいそうで不安で寝れないよ。まぁ、そんなこと、俺がさせないけどね!?」

「――っ!?」

(そ、それって、まるで、私のことが好き、みたいな……。そんな風に聞こえてしまう……)

いや、そんな都合の良い話、あるわけがない。前に忘れられない人がいるような雰囲気だったし、両想いだなんて奇跡みたいなものなのだから、きっと妹のように可愛がってくれているだけだろう。

今抱っこをされているのも、言いつけを破った妹をしつけているようなもの。

それに、魅了スキルが、セシリアにだけ働かないというのも珍しいのだ。うん、絶対にそう。

……そう考えていたのに、じっと見つめてくるオスカーのハチミツ色の瞳はすごく熱っぽくて困惑する。その熱がセシリアにまで移って、顔がどんどん火照っていく。

「少しは俺の気持ち、分かってくれた……?」

「はい。心配してくださって、ありがとうございます」

か細い声でセシリアが返事をすると、オスカーは、にかっと笑う。

その少年みたいな笑みに見惚れていると今度は瞼に、キスが降ってくる。

「セシリアはすぐ涙目になるね」

「ひゃっ」

驚いて瞳に溜まっていた涙が溢れる。それをオスカーの骨張った指で、優しく拭われた。

続いてオスカーは、白銀の髪の毛を一房すくって、愛おしげにキスを落とした。

「よし、セシリアを釈放する」

「っわ！」

宙に浮いた感覚にびっくりして、セシリアは瞼をぎゅっと閉じる。次の瞬間には、ソファに降ろされ、オスカーの隣に座る形になっていた。

オスカーは、横にあったクッションをぎゅっと抱きながら、ぽつりと呟く。

「ってかさ、初めて出会ったあの日、触手に襲われてた時も、あの結界で倒せたんじゃないの!?」

「あ……。今まで魔物と直接戦ったことがなかったので、気がつきませんでした……」

自分が魔物を倒すということを、全く考えもしなかったセシリアは、ガクッと肩を落とした。

◇◆◇

魔物の大群との戦いを終えた翌朝。

珍しく寝起きが良いオスカーが身支度を終えて、リビングでお水を飲んでこう言った。

「セシリア、今日から一緒に冒険者ギルドへ行こっか」

「え？　でも、朝早いので、眠たくないですか？」

「うん、まぁ眠いけどね。婚約者役、やってくれるんでしょ」

「あ……！　分かりました」

朝食の後、オスカーの婚約者役をするべく一緒に家を出た。その時、腕が触れ合ったかと思うと、あっという間に右手を握られた。

「お、オスカーさん……!?」

「ん？　どうしたの」

「手、手が……！　恋人繋ぎで……!!」

迷子にならないように、手を引かれることはあったけれど。指と指が絡められて、恋人同士がする手の繋ぎ方で、胸がきゅっと切なくなる。

セシリアの華奢な手と組み合わさることで、オスカーの大きな手が際立つ。

「うん。だって、婚約者なんだから、当たり前だろう？」

当然のように微笑んで、剣だこでかさついた指が、親指を撫でてくるものだから困る。

まるで、本当の婚約者になった気分で浮かれてしまいそうだから。

「セシリアの手、本当にちっちゃいな」

そんなセシリアの葛藤など気づかずに、オスカーはくすりと笑って歩いていった。

街の中心部に出てくると、だんだんと人通りが多くなってくる。だけれどいつもと雰囲気が違う。

なんだか様子がおかしくて、セシリアは首を傾げて立ち止まった。

歩みを止めたセシリアに気がついて、オスカーも足を止めると、あっという間に街の皆に取り囲まれた。

(もしかして、オスカーさんと恋人繋ぎしているし、昨日お姫さま抱っこしていただいたから……!?)

オスカーファンの方々からのお叱りかとセシリアは身構える。

しかし周りの人たちは、とても良い笑顔。

女性も男性も子供からお年寄りまでいるものだから、余計に混乱する。

「オスカーさま〜！　セシリアさま〜！」

「街を救ってくれてありがとうございます！」

「ご婚約おめでとうございますー!!」

「聖女さま〜！」

好意的な言葉の数々に、セシリアはきょとんと固まる。

(ど、どうして!?　どうしてもう婚約の話が広まっているの!?　婚約者がいる設定は、オスカーさんと私しか知らないはずなのに!!)

もしかして誰かに話したのだろうかと、オスカーを見上げたら悪戯っぽい表情をセシリアだけに見せて、本当の恋人のように繋いだ手を引き寄せられる。

そして肩を逞しい腕で抱かれると、彼が満面の笑みを浮かべた。

「ありがとう。俺たち幸せになるね」

そのオスカーの大胆な行動と、大輪の花のような笑顔に「きゃああっ!!」と女性の悲鳴が上がった。

もちろんセシリアも気絶しそうなほどオスカーに見惚れて顔が熱くなる。

何故なら今まで見たことがないくらい幸せそうに華やいだ笑みだったから。

(嘘だって分かっていても、心臓が騒いで仕方がない)

手を繋いで、肩を抱かれて密着して、幸せそうなオスカーの笑顔を一番近くで見て。やはり本当の婚約者になったかのように錯覚してしまう。

彼に笑いかけられると、潤んだ瞳で見つめ返すことしか出来ない。

「ほら、遅刻しちゃう。セシリア、行くよ?」

セシリアは、ときめいて赤くなった頬を隠せないまま、手を引かれて歩き出した。


冒険者ギルドに着くと、まだ窓口が開いていない時間だったので、オスカーとは一旦別れた。

彼はいつも乗っている黒馬のお世話のため、冒険者ギルドが管理している馬舎に向かうそうだ。

それにしても街中の人に「婚約おめでとう」と言われたけれど、いつの間にオスカーが街中に広めたのだろう。街に噂が広まるのはもちろん早いが、だからと言っても昨日の今日で皆が知っているのはいくらなんでも早すぎるんじゃないかと首を傾げる。

考えれば考えるほど、オスカーがどんな手段を用いたのか、疑問が深まった。

更衣室で制服に着替えてから、受付に向かう。途中ですれ違うギルド職員全員に「セシリアさま、おはようございます」と挨拶（あいさつ）されて、セシリアはそのたびに恐縮して慌てた。

受付に着くと、既にライラとアンが先に仕事を始めていた。セシリアは二人に挨拶をする。

「おはようございます」

「あ、セシリアさま。おはようございます」

「ちょ、ちょっと！　アンさんまで……っ!?　いつも通り普通に呼んでください！」

直接お世話になっていた先輩にまで『さま付け』されて、さすがに困って眉（まゆ）を下げた。

するとアンは、そんな様子のセシリアにくすっと笑った。

「ふふ。だって、さま付けしたくなるほどの活躍だったもの。それに屋上での舞、私も見たのよ。びっくりしちゃった。あの見たことのない結界のおかげで、助かった人が多いんだから。ここにいるライラもね」

「そうよ。あの、あのね。貴女がいなかったら、足を悪くしていたお母さんは逃げ切れずに死んでいたかもしれない。あの結界に救われた人はいっぱいいるの。だから、ありがとう！　感謝してもし尽くせないわ！」

ライラが立ち上がって勢いよく頭を下げる。プライドが高そうなライラが素直にお礼を言ってくれている場面にセシリアは驚く。周りのギルド職員も何事かと様子を窺っている気配がした。

「ライラさん、どうか頭をお上げください」

セシリアの言葉に、彼女はおずおずと言われた通りに頭を元の位置に戻す。ぱちっと目が合うと、セシリアは微笑んでこう告げた。

「私はただ、自分が持っている力を使ったまでなので、本来称賛されるようなことではないのですが……。でも、ライラさんのお母様がご無事でよかったです」

見ず知らずのセシリアを受け入れてくれた街の皆が、危険な目に遭ってほしくない。その一心で、オスカーの忠言を無視してしまった。

あまり褒められた行動ではなかったのに、魔物の大群後からセシリアを取り巻く環境が変化して戸惑いを隠せない。今のセシリアは『偽聖女』として捨てられて、誇りや自信が消えてしまったから。

——けれど、この街の人は、セシリアの力を認めてくれて感謝してくれる。

(この聖なる力を持っていて良かった)

母国のルビラ王国では傷ついた記憶が強かった。しかし地方へ巡礼した時に、皆が喜んでくれていたことをセシリアは思い出していく。

ルビラ王国で過ごした日々は、決して悲しい思い出だけではない。そう考えると、自分を否定していた気持ちが少し晴れていく気がした。

第六章　変化の足音

夏が近づくにつれて、陽射しが強くなってきている。

先輩のライラとアンとより一層打ち解けて、お昼休みを一緒に過ごすことが当たり前になっていた。

冒険者ギルドの屋上にあるベンチの背もたれに寄りかかり、僅かな風で涼むライラは疲れた様子で伸びをしながら呟いた。

「これじゃあ、いくら冒険者がいてもキリがないわね～」

近頃、魔物の目撃情報が相次いでいたため、冒険者ギルドが独自に調査をした結果、なんと魔物が増加傾向にあるという見解だった。

あれから、魔物の大群は発生していないけれど、それでも、じわじわと依頼票の数が増えていって、掲示板に所狭しと貼られている。

「どうしてこんなに魔物が増えているんでしょう……」

現状を憂いたセシリアが呟く。

冒険者を始め、ギルド職員は魔物の増加対応で疲労困憊だ。特に高ランクの冒険者に集中して依頼を配分するため、オスカーも忙しそうにしている。

「どうやら隣国から流れてきているみたいよ」

ため息混じりにアンがぼやく。セシリアは嫌な予感がしていつもより声が大きく出てしまう。

「り、隣国!?　隣国って、ルビラ王国ですか!?」

「え、えぇ。なんでも聖女の代替わりがあったんだけど、彼女の呪いだそうよ」

「呪い……？」

セシリアの前のめりな勢いにアンとライラは驚く。しかしすぐにアンは我に返って、二人を手招きしながら「実は聞いちゃったんだけど」と前置きして内緒話のトーンで囁く。

「ここだけの話、前任の聖女が呪いをかけたみたいなの。なんでも前任の聖女は偽物だったから断罪されたんだけど、本来の聖女の座を奪われたことに腹を立てて、死ぬ間際にこれからの未来に災いが降り注ぐよう呪ったんですって」

「――……っ!?」

（そ、その聖女って……、私のことよね……!?　の、呪いなんて知らないし、しかも私、死んでいることになっているの……!?）

セシリアは一気に青ざめた。隣国にまでこんな噂が流れてくるだなんて、一体ルビラ王国ではなにが起きているのだろう。仮にルビラ王国から魔物が流れてきているとしても、国外追放された後も新しい聖女がいて儀式を行っているはずなのにどうして魔物が増えているのか疑問が膨らむ。

それに、呪いをかけるような人物とまで思われていたことが、地味にグサッと傷つく。

「セシリア、大丈夫？　怖い話をしてしまったわね」

「は、はい……。だ、大丈夫です……」

苦笑いするセシリアに対し、彼女たちは不思議そうに顔を見合わせた。

しかし突然ライラが「あっ！」と何か思い出したように両手をパンっと合わせる。

「ねえ。そういえば、最近オスカーさまとどうなの⁉」

「えっ⁉　こ、婚約者役としては、順調だとは思いますが……」

「婚約者〝役〟のことじゃなくて、二人の関係が進んだのか聞いているのよ！　あの魔物の大群の戦いの後、婚約者が心配だからってあのオスカーさまがなりふり構わずすぐにセシリアの元に駆けつけたんでしょう？　その必死さに次の日にはすぐに噂が広まって、街中の皆がオスカーさまロスに陥っていたものね～。もしかして本当にオスカーさまはセシリアのことを好きなんじゃないの⁉」

好奇心旺盛なキラキラとした瞳のライラに気後れをする。

そう、セシリアも後から知ったことなのだが、オスカーは魔物との戦いが終わって『婚約者が心配だからあとは任せた』と言って半ば強引に抜けてきたそうなのだ。そして治療するセシリアを横抱きして連れ去ったのも、噂が広がるスピードを上げた原因の一つのようだった。

「ま、まさかあり得ないですよ。オスカーさんは、妹のように可愛がってくれているだけです」

二人には彼を守るために婚約者役をすることを話している。特にオスカーの大ファンであるライラに話すのは内心ヒヤヒヤしたが『セシリアなら適任だわ』と太鼓判を押してくれた。

「――でもセシリアは好きなんでしょう、オスカーさまのこと」

突然のアンの言葉に、びっくりしてしまう。

恐るおそるセシリアが二人の様子を窺うと、温かみのある表情を浮かべていた。

「私たちは彼氏がいるし、オスカーさまのことはただのファンなだけ。だから遠慮しなくていいのよ」

ふと捨てられたあの日を思い出す。

これからの人生では、『本音を零せる、信頼できる人』が欲しいと願っていた。

親身になってくれるこの二人には、本音を話してみたいと素直に思えて、緊張しながらも白銀色の睫毛を伏せ、か細い声で呟いた。

「……好きです。オスカーさんのことが。でもオスカーさんと、どうこうなろうとは思っていません」

二人のことは信頼しているけれど、どんな反応が返ってくるか緊張する。

しかしセシリアの心配は杞憂に終わった。

「セシリアなら、応援するわ」

「最初はよく思わなかったけど、もう友達だものね」

(と、友達!! そう思ってくださっていたなんて……っ)

アンとライラが、笑顔で順番に答えてくれる。

セシリアは、二人に受け入れてもらえたことに感動して、だんだんと涙が込み上げてくる。

「う、うれしいです……! お友達って思ってもらえて、応援してもらえて……! 実は今まで友人がいなかったので……。これからも、よろしくお願いします……!!」

最後まで喋ると、涙がぽろぽろ零れ落ちてくる。

すると二人はぎょっとして、セシリアに向かって優しく喋りかける。

「ちょっと、泣かないのー!!」

「ふふっ。もうしょうがないわね」

両側から二人に抱きしめられる。その温かさにセシリアの心の傷が少しずつ癒えていった。

休憩から戻ると、テッド支部長から呼び出しがあった。

一人で支部長室に向かう。三回ノックをすると返事があって、扉を開けた。

「失礼します。お呼びでしょうか、テッド支部長」

「ああ。よく来てくれたな。って、目が腫れてないか？　大丈夫か、なんかあったのか⁉」

「ええ、少し嬉しいことがありまして」

先ほどの屋上での出来事を思い出して、少し照れ笑いをした。

「……それならいいんだが。今日呼んだのは、この間の魔物の大群の時のことだ。改めて、この街を救ってくれたこと、礼を言わせてくれ。ありがとう」

彼は椅子から立ち上がって、深々とお辞儀をした。その様子を見て、慌てて声をかける。

「テッド支部長、頭をお上げください。むしろ私こそ、結界を張ることを見守っていただいて、信じてくれてありがとうございました」

「セシリアちゃんの真剣な眼差しが、何故か大丈夫だと思えたんだよな。あのオスカーが世話しているってことは、きっと訳ありなんだろう？　上への報告に、結界を張ったのはうちの職員だって言わないほうがいいよな」

「……はい。静かに過ごしたいので……」

セシリアは曖昧な笑みを浮かべた。それを感じ取ったのか、テッド支部長はすぐに話題を変えた。

「そういや、今回の謝礼として次の給料は増やしてるから楽しみにしててくれ。ボーナスってところだな」

「え！　いいんですか……!?」

「ああ、もちろん。他にも活躍した冒険者や、ギルド職員にもボーナスを出しているしな」

「わぁ、ありがとうございます！」

ボーナスをいただけると聞いて嬉しくて、つい頬が緩んでニコニコしてしまう。

その反応に満足気に頷いたテッド支部長は、恐るおそるセシリアの顔色を窺うように言葉を紡いだ。

「ところで、また街の危機があった時に、結界を頼むことってできるか……？」

「……あ、すみません。この間はオスカーさんにかなり心配をかけてしまったんです。もしも彼からきちんと許可が取れたら、是非やらせていただきます」

「そうだよな、分かった。セシリアちゃん、ありがとうな」

話はこれで終わり、セシリアは支部長室から出て、受付の仕事に戻った。

◆　◆　◆

ブロンフラン王国、とある街の酒場。

フード付きのローブを羽織って旅人の格好をした恰幅の良い男はカウンターで食事を摂りながら、密かに隣の男性客らの会話に耳を傾けていた。

——さながら情報収集をしているかのように、隣の男性客に気づかれぬように。

当然そんなことに気づかない男性客たちは、麦酒（ビール）が入った木樽（きだる）ジョッキをあおりながら大声で話す。

「そういやさァ、魔物の大群から街を守るために、結界を張って守った奴（やつ）がいるんだってよ」

「ああ、聞いたよ聞いた。ムーア街だろ？　だが結局、結界ってなんだ？」

「それがよォ。結界ってのは魔物が街に入ってこないようにする魔法なんだと。ったく、大した奴がいたもんだな」

「そんな珍しい魔法を使える奴が、教会以外にいるなんて驚いたぜ。何かのスキル持ちなのか？」

「さあ。だがよォ、三年前のスタンピードの時にゃ、この街もボロボロになってもう駄目かと思ったもんなぁ。魔物から守ってくれるなんてすげえや」

「あん時にも、うちの街にもそんな魔法使ってくれる奴がいたら良かったのになァ。有事の時はここにも結界張ってほしいもんだ」

そこで食べる手を止めた旅人が、感じ良い口調で、隣の男性客らに話しかける。

「失礼、その方のお名前をご存じか？」

顔を赤らめて酔っ払っている様子の男性客は、陽気に返事した。

「お？　興味あんのか。俺は、名前なんて忘れちまったなぁ」

「あー、確か。……セシ……？　セシル？　いや違うな？　何だったか？」

「違う違う。確かセシリアって名前だったんじゃないか？」

その名前を聞いた途端、旅人は目を見開き、歓喜に震える声を絞り出した。

「セシリアさま……！」

「おいおい。なんだ知り合いだったのか！」

「ええ。昔からの」

旅人はフードで隠れた銀色の瞳を細めてから、麦酒を一気に飲み干し、いい笑顔で隣の男性客らに、気前よく酒を振る舞って飲み明かした。

◆　◆　◆

ルビラ王国のとある聖堂では、王国の安寧を祈る、聖なる儀式が行われようとしていた。

聖堂にはセシリアに代わって新聖女となったレーナを始め、ヨハンネス王太子殿下や貴族、聖職者たちが集結している。

今回の儀式は、セシリアが国外追放を宣言されていた時に執り行われる予定だったもの。

騒動により中止になった儀式をやり直して、魔物の被害が減るよう神々へ祈りを捧げることになっているが、参加する聖職者の数は、通常の儀式時よりもかなり少ない。それはセシリアを育てた、パウロ大司教の一派が参加を見合わせたからだ。しかし人数が少なくとも儀式の準備が完了した。

この儀式は聖女の舞から始まり、結界を張り巡らせ加護を授ける。そして聖域を作って、場を清らかにし、主神である太陽神と月神をお招きできるようにする。

その後に、聖職者たちが伴奏をし、聖女が神々に祈る歌を唄って舞う。音楽で神々におもてなしをして、願いを聴いてもらうという流れだ。

新聖女レーナは、聖女の神器を手に持ち、懸命に舞う。しかし片足に重心を置いて、足先を半歩前に出すが、所作が甘い。くるりと回る瞬間、重心がぶれてよろめく。指先まで意識がまわらない上に、跳ねる高さも低く、ちっとも聖女として舞えていない。少しも結界を張れぬどころか、しまいには息が上がりきって転んでしまった新聖女レーナに、辺りは騒然とする。

「……どうしてこんなことも出来ないんだ……？」

ヨハンネス王太子殿下は愕然として、つい言葉が外に漏れた。

それを皮切りに、貴族たちが、聖職者たちの騒めきが、聖堂に広がってゆく。

——新聖女は、真の聖女なのか、国外追放された前聖女は、本当に偽聖女だったのかと。

新聖女レーナは転んだまま立ち上がれなかった。

自分こそが聖女だと、皆が推してくれたのに。手のひらを返して酷いことを言う。

聖女になった途端、彼女は川底に突き落とされた気分だった。

忙しすぎる奉仕活動に、本来貴族令嬢のレーナは、心も身体もボロボロになった。限界値を超えたからこそ、つい本音が零れ落ちる。

「こんなこと……？　一生懸命勉強しているのに、そのように言わないでくださいませ」

レーナの瞳から、涙がじわじわと滲み落ちるのに、誰も手を貸してくれない。

あれだけ寵愛してくれた、ヨハンネス王太子殿下でさえも。

「セシリアはほんの数日で覚えて、幼き頃から、簡単にやっていたぞ」

彼のあんまりな言葉に、今までの屈辱的な出来事も相まって、怒りの感情が芽生える。

カッとなって何とか自分で立ち上がって勢いよく言い返す。

「それはあの方がバケモノだからですわ！」

新聖女レーナは、なんで自分がこんな目に遭わなきゃならないのかと心の中で嘆いた。

全ては父親が『聖女になればヨハンネス王太子殿下と結婚できる』と言っていたからなのに。

その聖職者でもある侯爵家当主の父・アークラ司教は、レーナの不敬な態度を見て、遠くで慌てふためいていた。しかしすぐにレーナは、ヨハンネス王太子殿下に嫌われてしまったら元も子もないと我に返り、甘い声を絞り出しおねだりをした。

「ヨハンネスさま。もうこの儀式はやめて、久しぶりにデートしたいです……」

かのお方は、レーナのおねだりに弱い。今までしおらしく甘えていれば、なんでも叶えてくれた。欲しいものも、食べたいものも、ヨハンネス自身も、何もかも全部。

こんな儀式なんか、出来なくたって大丈夫だと思っていた。

だってレーナは甘え上手で、何よりとっても可愛いから。

……だけれど、おかしい。

何故かヨハンネス王太子殿下の眉間に皺が寄って、まるで怒っているような低い声を出した。

「いい加減にしろ。魔物が増えているのは、レーナだって知っているだろう。聖女が替わった、たった数ヶ月で、今まで守られていた王都までも、魔物に襲われている」

「そんなことは、レーナに分かりません」

「何を言う。レーナは言っていたじゃないか。自らが真の聖女で、聖なる水魔法の力が強いと。それなのに回復魔法はあと一歩のところで完全に治らないし。結界も張れない。舞も満足に踊れない。どうなっているんだ？　教会の国王派は、この俺を貶めたいと申すのか」

「ちがっ！　レーナはただ、ヨハンネスさまが大好きなのです！」

レーナは焦った。ヨハンネスの寵愛が、消えかけているのを感じ取ったから。

でも気づくにはとっくに遅く、ヨハンネスの腕にくっついても、振り払われたのだった。


――ヨハンネスは、レーナの腕を振り払い考える。

ルビラ王国の教会の内部では、大司教派と国王派の派閥があるが、当然ヨハンネスは国王派の聖職者を贔屓にしていた。

何故なら国王派は、国教であるリュミエール教を王族が引っ張っていくべきだと考えているからだ。

しかし王族と大司教派は関係が悪化するばかり。このままではいけないと関係改善のため、大司教派から出て活躍している、聖女セシリアをヨハンネスが娶ることになった。

それでも今までヨハンネスを始め、王族は、国王派を率いるレーナの父、アークラ侯爵の助言を聞いていた。同時に、大司教派から出た聖女セシリアの悪評を繰り返し告げていたから。

そしてついには、レーナを強く罵倒し、手で叩いたとも。アークラ侯爵から証拠の数々を報告され、王族はセシリアのことを見限った。

そのため大司教派が、何度セシリアを持ち上げようと、結局は王族に権限を渡さないためだと考えていた。加えて大司教派の面々は、彼女が虐める暇などないくらいに、寝る間を惜しんで勤めを果たして、王太子妃教育と両立していると申し立てた。それをきっちり証言できとも小賢しく。

ヨハンネスは、セシリアがそんなに働いているはずがないと思っていた。証言内容は、四時間の睡眠時間以外ずっと動いている分単位の過密であり得ないスケジュールになっていた。こんなの普通の人間にはこなせるはずがない。それに婚約者として月に一度の晩餐会には遅刻せず出席していたし、いつも余裕そうな表情をして多忙な様子には全く見えなかったから、大司教派の真っ赤な嘘のはずだ。

だから自信を持って、偽聖女セシリアを断罪した。しかしあれから魔物は増え、山火事が広がり、街は破壊され、人口は減少していくばかりだ。何故なら新聖女は力量不足だったから。

（もしやセシリアを国外追放したのが間違いだったというのか？）

いや、まさかと、ヨハンネスは思い直す。しかし嫌な考えが頭をよぎる。

レーナはいつ聖女の勤めを果たせるようになるのだ？

今まで魔物の被害が少なかったのも、セシリアが聖女としてきちんと神に仕えていたからか？

（どうしてこんなことになった。もしかして俺が選択を誤ったからか……？　王太子として、教会関連の公務を任されていた俺のせい……？）

背中に嫌な汗が伝う。

自分のせいで、数々の損害を出してしまったのかと、思い当たったからだ。セシリアは隣国の森に捨ててきたと近衛騎士から報告があった。きっとセシリアは森で生き残れないだろう。

つまりこれは、実質的な死刑。この状況を変えられる可能性のある者は、俺が殺した。

導き出された結論に吐き気を催す。それに硫黄のような、変な臭いがつんと鼻を突く。そう思った時だった。ヨハンネスの濁った瞳には、あり得ない光景が映った。

――聖堂という聖域のはずの場所に、魔物が入り込んできたからだ。

「ま、魔物だーー!!」

「何故聖堂に、魔物が!?」

「ここは聖域のはずじゃないのか!?」

「聖女さまは何をしている」

「逃げろ逃げろ逃げろーー!!」

王太子として守られた場所にいたヨハンネスは、初めて目にする魔物に恐怖で硬直する。

そして直感した。

きっと、自分が追い出したのは、正当な聖女であったのだと。

◇◆◇

朝陽（あさひ）の光がカーテン越しにも伝わってきて、セシリアは自然と目が覚めた。

今日は貴重なお休みの日。今まで週に二回は休めていたが、魔物増加による忙しさで、週に一回まで減ってしまったのだ。

ベッドから出て身支度が終わったら朝のお祈りをする。膝をついて、太陽の方角へ魔物による被害が減るよう祈る。魔物が増えているここ最近は、特に丁寧に礼拝をしている。

聖女ではなくなっても、リュミエール教の信者だから。

リビングに向かうと、オスカーが眠そうにして、ソファに寝っ転がっていた。

昨日は、夜行性の魔物討伐があって向かっていた。

「んん、ごめん。ここで寝ちゃってた」

「おはようございます。それに、オスカーさんお帰りなさい」

オスカーが伸びをして、ふわっと欠伸をした。眠そうにしていると、綺麗なお顔が途端に幼くなる。

そのギャップに何度遭遇したことだろう。未だに慣れず、胸が高鳴る。

「ただいま。昨夜もたくさん狩ったよ」

「さすがオスカーさんですね」

手招きされてソファの横に座る。婚約者役をするようになって、物理的な距離が近くなった。だけれど、一向に慣れる気がしないのは、オスカーが美麗すぎるからだとセシリアは考える。

しかし、いつもなら夜の魔物討伐の後は、湯浴みをしてすぐ寝室に向かうのに、今日はどうしたのだろう。オスカーをじっと見つめると、何か言いたいことがあるように思った。

「オスカーさん、どこか怪我でも……？」

「ん？　怪我はしてないよ」

「そ、そうですか……。あの、何かあったら気兼ねなく言ってくださいね？」

セシリアが念を押してそう伝えると、オスカーは困り果てたような顔をした。そして、ぎゅっと横から抱きしめられて、彼の良い香りがセシリアの鼻腔をくすぐる。

近頃のオスカーはセシリアをよく抱きしめる。少し傷ついているような、言いにくそうなことがあるような雰囲気だ。もしかして婚約者のふりをやめたいのではないかと嫌な予感がしていた。

例えば、忘れられない人が見つかったとかで。

「オスカーさん……？」

「――……セシリアに、会ってほしい人がいるんだ。いいや、本当は会ってほしくなんてないし、セシリアを閉じ込めてしまっておきたいくらいなんだけど」

悔しそうな、切なそうな声で語るオスカーの肩は、少し震えている。心配になって、抱きしめてくれている彼の背中に腕をまわして、宥めるようにそっと撫でた。

「出来たら逃げてほしいんだ。でもどっちにしてもセシリアが危険な目に遭ってしまう」

次々に不穏な言葉が出てきて動揺を隠せない。ついには名案を思いついたとばかりに、笑顔でセシリアの顔を覗き込んで、小首を傾げながら衝撃的な提案をする。

「いっそのこと、駆け落ちする……？」

「か、駆け落ち!?　オスカーさん、何があったんですか!?」

いつも穏やかなオスカーが、こんな風に取り乱すなんて只事じゃない。

(こんなことになるなら、もっと早く踏み込んでいればよかった)

セシリアは激しく後悔した。何か言いたげに見つめているのは分かっていたけれど、ずっと聞けずにいた。もしも「ずっと好きだった人と両想いになったから、婚約者のふりは解消したい」なんて言われたら立ち直れないと思ったから。

それほどまでに、オスカーへの気持ちは強くなっていた。苦しくなるくらい大好きで、愛おしくて、おそばに置いてほしいと願うくらい。

「あのね、セシリア――」

オスカーが何か告げようとした瞬間、玄関扉のベルが鳴った。途端に、オスカーは舌打ちをする。

セシリアは何が起こるか不安で、彼の背中を撫でていた力をぎゅっと強めた。

「ごめん、セシリア。時間切れみたいだ。人を連れてくるから、ここで待っていて」

「え……？　私も一緒に行きます」

抱きしめてくれていたオスカーの腕は離れた。それでも心配で、オスカーの大きい手を両手で握る。切なげなハチミツ色の瞳と見つめ合い、一緒に玄関まで向かった。

オスカーが玄関扉を開けると、フードで顔を隠した背の高い男性が立っていた。そしてその後ろにも人影が見える。何故だか、只者ではないオーラがひしひしと感じられる。

「やあ。オスカー、久しぶりだね」

「……ご無沙汰しております」

「またそんなに畏まって。やめてって言ってるじゃ～ん」

ゆっくりと優雅な所作でローブのフードを脱ぐと、驚くほど綺麗な金髪と、珍しい褐色の肌があらわになった。視線がぱっちりと合うと、光り輝くガーネットのような瞳をしていた。男は朗らかな声でセシリアに向かって話しかける。

「初めまして、聖女さま。いや、今はセシリアさまって言ったほうがいいかな？」

一見笑顔なのに、赤い瞳の奥が氷のように冷たい。

それに何故、セシリアが元聖女だということを知っているのだろう。

戸惑いを隠せずにオスカーの顔色を窺う。繋いだ手が、ぎゅっと握られた。

すると後ろから、ずっしりとした恰幅のいい男も現れた。この方もフードを被っているけれど、どこかで見たことがあるシルエットに、セシリアは首を傾げる。

「やあ、セシリアさま。久しぶりだね」

フードを取って、人好きする笑みを浮かべたこの人は——

「だ、大司教さま……!?」

白髪を一つ結びにして優しげな銀色の瞳を持つ彼は、ルビラ王国の教会で聖女として育ててくれたパウロ大司教だった。セシリアにとって師でもあり、父親のような存在でもあるパウロ大司教とまた会える日が来るなんて思わなくて、嬉しさと驚きで固まった。

オスカーがお客さまをリビングに案内すると、いつも過ごしているリビングが、別の空間のように感じた。金髪のオスカーの知り合いの方と、お世話になったパウロ大司教が、ソファに座っている。
それとあともう一人、服越しでも分かる強靭な身体をお持ちの方が、ソファの後ろに控えた。

セシリアとオスカーは、椅子を持ってきて、彼らの向かいに座る。膝の上に置かれたセシリアの華奢な手を守るように、彼は大きな手を重ねた。

沈黙を破ったのは、オスカーの知り合いである金髪の方だった。

「僕はギルバード・デューク・ブロンフラン。このブロンフラン王国の王太子だ。よろしくね、セシリアさま」

(こ、この国の王太子殿下!? そんな高貴な方が何故ここに!?)

驚きのあまりにセシリアは、目を見開いて、SSランクの冒険者にもなると、王太子殿下とも知り合いになれるのだなと感心する。

しかし黙ったままだったことを思い出し、慌ててセシリアが言葉を紡いだ。

「初めまして、ブロンフラン王国の王太子殿下。お目にかかれて光栄にございます」

「やだなー。そんなに畏まらなくたっていいのに。名前で呼んでくれて構わないよ。ってかオスカーも、何をそんなに警戒しているのさ」

「………………警戒など、しておりません」

とはいうものの、オスカーはまるで威嚇する猫のように毛を逆立てている雰囲気を醸し出していた。

ギルバード王太子殿下は、こんなにも優しげな口調なのに、やはり瞳の奥が冷たい印象だ。

「オスカー君だったね。初めまして、私はルビラ王国の大司教パウロという。この街にセシリアさまがいらっしゃるという噂を聞きつけて来た。途中でギルバード王太子殿下に遭遇したから、ご一緒させてもらっているよ」

オスカーが無言で頷いた。その様子も気になるが、セシリアには優先して聞きたいことがあった。

「だ、大司教さま。私に会いに来てくださったのですか？」

「ああ、そうだ。此度は、私の力が及ばず国外追放などという、不名誉な事態を招いてしまったこと、誠に申し訳なかった。あの場に私がいれば、止められたかもしれなかったのに、なんとお詫びすればいいいか……」

確かに私が国外追放を言い渡された、あの日あの場所に大司教の姿はなかった。正直今まで、父のように思っていたお方に見放されたのだと思っていた。

「ということは……。私の追放は、教会の総意ではなかったのですか……？」

「もちろんだ。正当な聖女さまを追放なんてしたら、神々がお怒りになるからね。それを分かっていない、私欲を腹に抱えた連中に陥れられたんだ。私を含めてね」

「そ、そんな……っ」

「生きていてくれて、本当に良かった。辛かっただろう」

大司教の言葉に泣きそうになる気持ちをぐっと抑える。

ルビラ王国の教会上層部が、国王派と大司教派で分かれているのはセシリアも知っていた。しかし権力争いの渦に巻き込まれていたなんて、全然気がつかなかった。

「それに加えて、ルビラ王国の新しい聖女になったのが、まともに儀式も出来ないやつみたいでさ。瘴気が深まって魔物が大量発生してうちの国まで流れ込んでいるわけ。本当に迷惑な話だよね」

「誠に申し訳ない限りです」

ギルバード王太子殿下が言葉に棘をあしらって話す。それに対して大司教は丁重に謝罪をした。

「本題だけど、僕からセシリアさまにお願いがあって、ここまで来たんだ」

「……私に、お願い、ですか……？」

柔らかい口調で、まるで世間話のようにギルバード王太子殿下が語りかける。その瞬間オスカーの手に力が籠った。セシリアはオスカーに「大丈夫」と伝えるように、アイコンタクトをする。

「セシリアさまには、ルビラ王国に戻ってもらって、魔物の大量発生を止めてもらいたい。瘴気が深まっている根源を浄化してほしいんだ」

「――……っ」

（瘴気が深まっている根源を、浄化する……？　私に、そんな大層なこと出来るの……？）

聖なる水魔法は、瘴気を浄化することは出来るが、深く淀みきったものは今まで見たことがない。それはきちんと儀式を絶やさずに行っていたから、深まった瘴気の発生を抑えられていて、儀式を行えていない状態で成長した瘴気に、自分の聖なる水魔法がしっかり効くのか不安だ。

それにルビラ王国に戻るとしたら、オスカーと離ればなれになってしまう。

「申し訳ない、セシリアさま。このブロンフラン王国にいらっしゃる教皇猊下が『今世随一の聖女の力を持つセシリアさまにしか、止められないところまで来ている』と仰った」

リュミエール教の聖職者の頂点である教皇猊下がそんなことを話していたなんて驚きが隠せない。

確かに一度だけお会いしたことがあって、その時聖女の力をお褒めいただいたけれど、あれはお世辞ではなかったというの……？

やはりルビラ王国に戻るしかないのかもしれない。

以前、オスカーに『私はどこにも行かない』って言ったのに。大好きな彼に包み込まれている手を、少し震わせながら、自分の役割とオスカーのことをぐるぐると考えて、言葉を紡いだ。

「し、しかしながら、私は国外追放された身。ルビラ王国に戻っても問題ないのでしょうか」

「それは問題ない。教皇猊下からの許可証を用意してある。さすがのルビラ王国でも猊下からの許可証を無下にはできないだろう」

もう会えないかと思っていた大司教にまたお目にかかれて嬉しかったけれど、まさかこんなお話になるなんて……。それにオスカーへ迷惑がかからないように聖女だったということを黙っていた。

彼がどんな反応をしているのか見るのが怖い。

「考えることもたくさんあるだろうから、僕たちはまた明日の昼頃にでも返事を聞きにくるよ。それでいいかな？」

「………はい」

セシリアが絞り出した声は、情けないほど小さかった。話は済んだとばかりに、ギルバード王太子殿下が立ち上がると、大司教たちも後に続いた。

「それじゃあ、また明日の昼頃に。――それにしてもオスカー。良くぞそこまで手懐けたね。さすがは、僕の配下だ」

「………お戯れはおやめください」

黙りこくっていたオスカーは、声を硬くして、ギルバード王太子殿下に言葉を返していた。

（どういう、ことだろう……？　オスカーさんが、王太子殿下の配下……？　手懐けたとは、私のこと……？）

いや、そんなはずない。

でも、セシリアが聖女と言われても、オスカーは落ち着き払っていた。

──それは、一体どうして……？

来客の三人が帰られた後も、考えこんで立ち尽くしていた。

見送っていたオスカーが、悲しそうな顔をして戻ってきた。そして、ぽつり、ぽつりと語り出す。

「ごめん、セシリア。あの日、ヘイズの森で初めて出会ったのは、偶然なんかじゃない」

「…………え？　でも、お仕事があったって…………」

「仕事は、セシリア。君のことだ」

「…………私の？」

少しの沈黙の後、オスカーは頷く。ひどく美しい顔を歪（ゆが）めて言葉を紡いだ。

「俺はギルバード王太子殿下の配下であり影。魅了スキルを使って、情報収集や調査、暗殺の協力までなんでもやってきた」

「──……っ」

「今の任務は、隣国から追放された聖女が入ってきたため、害がないか見張っていること、なんだ」

第七章　真実は、嘘よりも歪

今から十五年前のブロンフラン王国。

王族に準ずるブラックストン公爵家の別館には、目元を包帯で隠した一人の少年がいた。

名は、オスカー・デューク・ブラックストン。

たとえ目元が隠れていようとも、その美貌は凄まじいものだった。たった七歳の少年にもかかわらず、人を惹き寄せる色香を放っている。

オスカーは、自分の魅力について、あまり理解が出来ていなかった。使用人は男性のみで、必要最低限しか関わらないからだ。

（外に出てみたい……）

たまに使用人にせがんで、本を朗読してもらうことがあった。少年が特に好きだったのは、冒険者の冒険譚。広い世界で、たくさん悪い魔物を倒して、たくさんの人と関わる。

公爵家の別館。その中の一室しか知らないオスカーには、まるで夢のような世界だ。

「ねえ、なんで僕はお外に出れないの？」

「申し訳ございません。お答えできません」

「どうして僕は目に包帯を巻かなきゃいけないの？　みんなは包帯なんて巻いてないのになんで？」

「オスカーさま。そちらもお答えできません」

誰も外のことは教えてくれない。本に出てくる家族とやらも、オスカーにはよく分からなかった。

思い当たる人物はいても、物語のように、毎日一緒にいないし喋ったことがない。

——オスカーの人生を変える人物と出会ったのは、そんな鬱憤が溜まっていた時だった。

「やあ、初めまして。オスカーくん」

「……はじめまして」

「僕はギルバード。君の従兄弟だよ」

目に包帯を巻いたオスカーには、相手の様子が見えなかった。

声変わりしていないから年が近いのだろうか。

それに、いつもの使用人とは違い、きちんと自分に興味を持って明るく喋ってくれている。

ほとんど人と一緒に過ごさないオスカーも、それだけは理解できた。

「従兄弟？　従兄弟って、僕の家族っていうこと？」

「広い意味で言えば、家族だけど……。親戚、というのが正しいかな」

「しんせき。そうなんだ、残念……」

自分に興味を持ってくれている存在が家族だったら良かったのに。オスカーはしゅんと落ち込んだ。

このギルバードという人は、明日も明後日も、会いにきてくれそうな気がしたから。

「残念？　ああ、君は家族が恋しいのかい」

「うん。家族ってよくわからないから」

「そりゃあそうだろうね。君が君の母親の気を狂わせたんだから」

「え？　どういうこと？」

ギルバードは愉快そうに、クスクスと嗤いながら、赤子に説明するよう、ゆっくりと喋った。

「君は、魅了スキルを持っているんだ」

「なに？　魅了スキルって。僕こわい」

「スキルというのは、神様からの贈り物さ。その包帯で隠された瞳に見つめられると、人はオスカーに魅了される。女性には特に強くかかるんだって」

「神様の……」

オスカーは話の続きが分かってしまった。

でもどうか自分の予想が間違っていてほしくて、ギルバードの話を息を呑んで聞いた。

「ああ。でも君が赤ん坊の時に、母親のことを何度もずっと見つめた。だからオスカーに魅了されておかしくなったんだ。起きるとオスカーを強く求めるから、魔法でずっと眠らせているみたいだよ。スキルは便利な反面、残酷だよね」

「僕の、せい、で……？」

「うん。聖女が直々に治療にあたって、状態異常を回復する魔法を試したみたい。だけど、既に精神が強く蝕まれていたんだ。スキルによる状態異常は、簡単に他人が解けるものじゃないから……」

ギルバードは何でも教えてくれた。

使用人が口止めされている内容も。オスカーが耳を塞ぎたくなることも、すべて。

だから、一週間ほど毎日通ってくれたギルバードに、オスカーはすっかり心を開いていた。

「ギルバードは、王子さまなの？」

「ああ、そうさ。ねえ、オスカー。魔力操作に詳しい人を見つけたから、一緒に会ってみるかい？」

「ぼ、僕、会ってもいいの？」

「もちろん。だからさ、魅了スキルを抑えるよう、魔力操作が出来るようになったら、僕の下で働いてほしいな。外、出たいだろう？」

「うん！　出たい！　王子さまのギルバードを、僕が助けてあげるよ！」


オスカーはギルバードに連れられて、外へ出た。

そして魔力操作の師に教わり、魅了スキルを最小限に抑えられるようになった。魅了スキルをゼロには出来なかったので、ギルバードが魔力を通しづらい眼鏡をくれた。

その師には魔法の才能を見出してもらって、魅了スキル以外にも、様々な種類のスキルを持っていることが判明した。特に炎魔法のスキルが一番強かったため炎を使った戦い方を重点に、魔道具の作り方や、洗浄魔法などの生活魔法まで、教えてくれたものは何でも吸収した。

もちろん、一番大切な魅了スキルの解除方法も覚えたし、それで母親の魅了も大半は解けた。

初めて自分の母親に名前を呼ばれた時、オスカーのハチミツ色の瞳は、涙で濡れた。

——世界の中心は、ギルバードだった。

しかし成長するにつれて、オスカーは察した。

ギルバードは、自分のようにコントロールしやすい者を配下にしていると。

オスカーはギルバードへの恩があるし、公爵家の後継者ではないから動かしやすいだろう。

まるで兄弟のように仲が良かったけれど、やがてオスカーは弁えるようになった。

ギルバードは自分を救ってくれた主だ。そして自分は、闇に身を落とす影。

「オスカーはさ、昔冒険者になりたいと言ってたよね」

「……昔の話は、恥ずかしいのでやめてもらえますか……」

「ははっ。ねえ、国境付近の情報が小まめに欲しいんだ。ヴェイリー辺境伯領のムーア街でさ、冒険者になって情報を集めてもらえるかな」

「承知しました」

オスカーは気がつかなかった。ギルバードはオスカーのことをそれなりに大切に思っていることを。

そして、オスカーの背中に向かって、ギルバードが小さく呟いたことも。

「ただのオスカーとして、もっと広い世界を見てきてごらん」


オスカーがムーア街にすっかり馴染んでから、早数年が経った。

この日も王家で秘蔵されている、通信魔道具でギルバードと連絡を取っている。

「隣国であるルビラ王国から追放された元聖女が、我が国に入ってくる情報が入ったんだ」

「追放された、元聖女、ですか？」

「ああ。だから次の任務はね、その元聖女に害がないか見張ってもらえるかな。もし国に損害が出そうなら、オスカーの判断で消してくれて構わないよ」

「はい」

「あ、そうそう。もし使えそうな力を持っていたら、教会に入ってもらうのも良いかもしれないね」

「……承知しました」

◆◆◆

ヘイズの森の大きな木に登って、隣国の方角を監視する。

すると、ギルバードの言う通り、一人の女の子が捨てられた。

(本当に、いつもギルバードさまは、どんな風に情報を得ているんだか……)

しばらく聖女であった女の子を注視していると、いきなり服を脱ぎだして、川に浸かった。

見てはいけないものを見てしまったと罪悪感を覚える。

(いや。でも、これは任務だし。……見なくちゃ、み、見なくちゃだよな!?)

春の柔らかい陽射しが、女の子の白銀髪をキラキラと照らす。肌は透き通るほどに白くて柔らかそうだ。華奢な身体にもかかわらず、胸の膨らみは大きくてなまめかしい。

気持ちよさそうに水浴びしているその様子は、幻想的でオスカーの視線を奪った。

(あんな綺麗で可愛い女の子、初めて見た)

オスカーにとって、女体を見るのは初めてのことだった。女性に全く興味がない訳ではないが、どうしても魅了スキルのことがあって、深く関わることが怖いと思っていた。だからか、自慰をすることはあっても、少しでも女性のことが頭をよぎると、オスカーの男の部分は起き上がらなくなってしまう。

――そのはずだった。

そのはずなのに、何故だろう。今下半身が、物凄く奮い立っている。

（初めて女の子の裸を見たから？　いやだけれど、まだ成人もしてなさそうな女の子に反応してしまうなんて、俺はロリコンだったのか⁉）

任務中なのに、興奮してしょうがない。

どうにかして押さえ込もうとしていると、やけに艶めいた悲鳴が聞こえた。

「ひっ、やぁぁぁぁ」

（うわ。なんでこのタイミングで、触手の群れに襲われてるわけ……⁉）

足元からにゅるにゅると女の子の身体へ絡みついていく触手は、ひどく官能的だ。彼女は快感を得ながらも、泣きそうな顔で抵抗していて、オスカーはごくりと喉を鳴らした。

「やめて‼　服も下着も、それしかないの‼」

川辺に置いてあった衣類は見事に触手が粘液で溶かしていった。

そういえば、手強い触手の群れが最近現れると、冒険者ギルドで注意喚起があったと思い当たる。

触手に纏わりつかれた彼女は、簡単に逃げられないように、どんどん宙に浮いていき、胸を吸われて快感に悶え仰け反っていく。その顔を真っ赤にして瞳を潤ませた表情が色っぽくてそそられる。

「つやだ、だめだめだめ……‼」

（どうしよう。女の子を助けてあげたいけど、このままじゃ行けないよな）

己の下半身を覗く。盛り上がったまま助けに行ったら、変質者だと思われかねない。

そう思い悩んでいるうちに触手の行動がどんどんエスカレートしていく。

「う、嘘でしょう⁉　あ、ぁぁ、やめてっ‼」

彼女の股が思い切り開かれた時、これまで経験したことないほどに、男の部分が激しく熱を持ち、大きく昂ってしまう。

(うわああ、申し訳ない。聖女さま、すまないが、もう少しだけ耐えて！)

ズボンをくつろげて、急いで奮い立ったものを手で擦り出す。幸いにもすぐに欲望は放出された。

その瞬間、女の子のひときわ大きくなった悲鳴が、森に響き渡った。

「いやあああああ」

慌てて彼女に視線を移すと、とうとう触手が蜜口へ侵入しようとしているところで、必死に引っ張ってはがそうとしていた。それを見てすぐに全身へ洗浄魔法をかけてズボンも直した。

途中で腕を枝に掠めたけれど、大きな木から飛び降りて、素早く走って、女の子のほうへ向かう。

(間に合ってくれ‼)

触手が蜜口へ入りかけた時、ようやく女の子に声をかけた。

「大丈夫か……⁉」

「た、助けてくださいっ」

その言葉を聞いて、サッと触手を炎魔法で燃やした。いくら見張らなきゃいけない対象人物でも、襲われるところを助けない選択肢はない。最後の最後は間に合って良かったとホッと胸を撫で下ろす。

「あ、あの。ありがとうございました……！」

女の子は肌を隠さないまま、きっと無意識で熱っぽく見つめてくる。近くで見る彼女は、余計に可愛く見えて、この子が触手に襲われていたんだ……と、考えそうになるのを必死に堪えた。

下半身がまた暴れないように、上着を脱いで彼女に手渡した。

「……あのさ、お礼はありがたいけど服を着てもらえるかな……？　良かったらこれ使って」

「いやあああああああああ!!!!」

裸のままの状態だとやっと気がついたのだろう。叫びながら上着を受け取った彼女は木陰に隠れた。

きっとシャツも必要だろうから、脱いだものに洗浄魔法をかけて渡しに行く。女の子はパニックで半泣きになりながら、着替えながらも、着替え終わっても、ずっと必死に謝っていた。

オスカーはというと、可愛い女の子が恥ずかしがりながら、自分の服をだぼっと着ている姿に、また下半身が暴れそうになったし、お辞儀をした際にガッツリ谷間が見えた時は、もう駄目だった。

◆　◆　◆

「改めまして、このたびは魔物から助けていただき感謝申し上げます。あいにくと今は、金銭も食料も何もかも持ち合わせておりません。しかし回復魔法を使える身ではありますので、怪我などしていらしたら治して差し上げられるのですが……」

「回復魔法を……？」

「はい。教会で教わったのです」

あれ、この子。いい子すぎない？　と、オスカーは目を見開く。

それに女性といえば、きゃあきゃあ騒ぐのに、この子は落ち着いて話している。

「なるほど。それじゃ、擦り傷だがお願いしよう」

オスカーは、ぐいっと肘を差し出した。

さっき枝に引っ掛けたところに女の子が手を当てると、銀色のキラキラした魔力が光る。

その光景が美しくて、自然と目を奪われた。

傷は、あっという間に跡形もなく塞がって、綺麗な肌に戻る。

それに加えて今度は何故か身体が温まっていく。

「あったかい……！」

「シャツや上着をお借りしたお礼に、身体も温めておきました」

なるほど。先ほど衣類が溶かされた彼女に服を貸していて、上半身裸だったから助かった。

「ありがとう。銀色の魔力だったし、もしかして本物の聖女……？」

昔、魔力に銀色が混じるほど、聖女としての力が強いとギルバードに教わったことがある。

母親を治療しようとしてくれた聖女の魔力も銀色だったと聞いている。

本物の聖女なのか気になって素直に話しやすくなるように、魅了する魔力を僅かに高めた。

「……いいえ。私は聖女ではありません。むしろ、母国の教会から追い出された身ですから」

そう言って恥ずかしそうにする彼女は、どこまでも清らかだった。

一つも疑わしいことはないように見えて、悪意も感じない。

「君は、教会から追い出されるほど、悪人に見えないが……」

「……そう仰っていただけると救われます。身に覚えのない罪でしたので」

「それは……。とても大変だったね……」

「はい。とっても大変でした。だけど、また違う場所で、新たな人間関係を作れると思うのです」

オスカーは、心底同情した。

こんなにもか弱い女の子を、魔物の住処でもある森に捨てるだなんて、実質死刑とも言えるだろう。

それなのに、女の子の瞳は曇りきっていなかった。むしろ強い意志を感じる。

その瞳にオスカーは心を奪われたような感覚がした。

「……まぁ、それにはまずお洋服を買わなくちゃいけないんですけどね。あとは住居と働き先も探さなければ……。どうやら、やるべきことは多いようです」

心根が強いかと思えば、今度は白銀色の睫毛を伏せて小さく笑う。

その様子を見て、オスカーの口から、自然と言葉が出た。

「じゃあ、うちにくる？」

「……えっ⁉」

自分の口から出た言葉にびっくりした。女性と一緒に暮らすなど、考えたこともなかったから。

しかし一度出た言葉は取り消せない。オスカーは誤魔化すように、言葉を重ねた。

「行く場所ないんでしょ。俺一人暮らしだし、部屋余ってるし。寂しいことに、恋人も奥さんもいないから」

「た、確かに、行く場所はありませんが……。でも、自分で言うのもおかしいですが、私、初対面の怪しい女ですよ⁉」

「それを気にするのは、女の子の君のほうだよ」

「大丈夫です。私は、恩人である貴方(あなた)のことを、信じていますから」

女の子は、無邪気な笑顔を浮かべた。

それはどこまでも純粋で思わず「意味わかってんのかな」と呟いてしまうほどだ。

「まぁ、君も街に行くだろう？　俺は馬で来ているんだ。仕事も終わったし、一緒に戻る？」

「っはい！　よろしくお願いします！」

黒馬のところまで戻って飛び乗る。そういえばまだ彼女の名前も聞いていないと気がついた。

「俺は、ムーア街の冒険者オスカー。君は？」

「私はセシリア。重ねがさねご迷惑おかけしますが、街までよろしくお願いします！」

前に乗せた彼女を黒馬から落ちないように強く抱きしめると、小さい身体でやはり柔らかくて、抱き心地が、妙にしっくりくる。オスカーは不思議とこれからの未来が楽しみになっていった。

――同居生活を始めるまであと五時間……。

――魅了スキルがセシリアに効かないと気がつくまであと数日……。

――オスカーが健気(けなげ)なセシリアを好きになるまで、あと一週間……。

――真の聖女として隣国に戻ってほしくないと思い悩むまであと………。

「俺はギルバード王太子殿下の配下であり影。魅了スキルを使って、情報収集や調査、暗殺の協力までなんでもやってきた」

「——……っ」

そう言って、オスカーの綺麗な顔が、苦しげに歪められる。まさかあの出会いが偶然ではなかったとは、さすがのセシリアも目を丸くして驚いた。

「今の任務は、隣国から追放された聖女が入ってきたため、害がないか見張っていること、なんだ」

しかし『害がないか見張っていること』が任務なら、低級魔物に襲われている時、放っておいても良かったはずだとセシリアは考える。

「オスカーさん」

「うん……？」

名前を呼びかけると、不安そうに眉を下げるオスカー。その様子にセシリアは、くすっと笑った。

「確かにびっくりしました。でも、どんな意図があろうとも、私はオスカーさんと出会えて物凄く幸せですよ」

「……え？」

「拾っていただいて、一緒に暮らしていくうちに、だんだんと傷ついた心が癒えたんです。それに、何よりオスカーさんが好き」

オスカーが息を呑んだ。セシリアも驚いて固まる。

――つい、自然と告白をしてしまったから。

(やだ！　オスカーさんが好きすぎて、好きって言っちゃった……!!　ど、どうしよう……!?)

先に動き始めたのは、セシリアだった。

顔を赤く染め、あわあわと慌てながら、声を大きく出す。

「あ！　あの、す、好きといっても、迷惑だと思うので！　きっと忘れられないお方もいらっしゃるでしょうし！　オスカーさんと、どうこうなろうだとか、そんな野心はありません！　っだから、ご安心ください!!　……って、きゃあ」

次の瞬間、オスカーがセシリアを、ぼふっと抱きしめる。

驚きでピクリと身体を震わせた瞬間、肩にオスカーの頭が載せられた。

「……忘れられない人？　そんな人いないよ。もしかして、誤解させちゃったかな」

セシリアの耳に、形の良い唇が近づく。

彼は、僅かに掠れた声で呟いた。

「ごめん。でも俺はセシリアと、どうこうなりたいんだけど」

「……っ！」

耳元で囁かれる声、吐息が伝わって、セシリアの脳内をしびれさせる。

まるで告白されているみたい、とセシリアはぼんやり思った。

「だけど俺はセシリアに好きになってもらえるような、綺麗な人間じゃない。可愛いセシリアには、危ない隣国へ行ってほしくないと思ってるし。本当に魅了にかかってほしい人は全然かからないから神を呪ったし。婚約者役になってほしいって言ったのも、周りから囲い込むつもりで……」

弱々しく次々と呟かれる言葉に、信じられない気持ちでいっぱいだ。

まるで夢を見ているみたいだけれど、オスカーの良い匂いが現実を思い出させる。

「ここまで心が揺さぶられるのは、セシリアが初めてだよ。他(ほか)の誰(だれ)よりも、セシリアが好きなんだ。こんな俺でも、好きでいてくれる……?」

切なげに言葉を紡(つむ)ぐオスカーに、胸がいっぱいになって、どうしようもない。逞(たくま)しい胸に顔を埋めると、彼から速い鼓動が聞こえてくる。

オスカーの言葉が本当なのだと伝わってきて嬉(うれ)しい。

けれど、セシリアにとって都合の良い状況すぎて、浮かれる前に尋ねてしまう。

「好きって……。妹として、ですよね……?」

「何言ってるの。一人の女の子として好き。セシリアのことだけ大好きだよ」

顎(おとがい)を上に向けられたかと思ったら、唇に温かくて柔らかい何かが触れる。それがオスカーの唇だと気がついたのは数秒後だった。触れるだけの口づけが、角度を変えて何度も降ってくる。

ようやく唇が離れたかと思ったら、おでこが合わさって、綺麗な顔と重なる。

「伝わった……?　俺がセシリアのことを物凄く好きだって」

全身が熱い。セシリアはいっぱいいっぱいで、目をきゅっと閉じる。すると瞼(まぶた)にまでキスを落とされて、セシリアはたまらず、彼にしがみつくように両手で服の裾を握った。

「私、オスカーさんを好きでいて良いんですか？」

「うん。お願いだから、ずっと好きでいて」

二人の唇が再び触れ合う。壊れそうなくらい、心臓がドキドキしている。

頭の後ろを彼の大きな手で押さえられて、まるで逃がさないと言われているみたい。

（嬉しい。好きな人が、私のことを好きだなんて……！）

でも、キスが長くて、いつ呼吸をすれば良いのか分からない。少し苦しくなってきて、オスカーの胸元をトントン叩くと、やっと唇が解放された。すぐに空気を吸って、呼吸を繰り返す。

「嫌だった？」

「ちがいます……！　あの、呼吸が……っ!!」

セシリアは顔を赤くして、瞳を潤ませながらそう伝えた。

彼のほうがうんと背が高いため、自然と上目遣いになってしまう。

「何この生き物。可愛すぎる」

少し幼い印象のセシリアだが、今ばかりは艶やかだ。オスカーが僅かに赤面して、それを片手で隠す。そして邪魔なものを取るように、眼鏡を乱雑に外した。

「鼻で呼吸してみて」

「えっ、オスカーさん……っ」

休憩は終わりとばかりに、またセシリアの唇が奪われる。

今度は勢いが激しくて、セシリアは受け入れるので精一杯だ。

（鼻で呼吸するの、むずかしいわ……）

セシリアはすぐに呼吸が苦しくなって、口を開けてしまう。

その開いた隙間から、彼の舌がぬるりと咥内に侵入する。

「んっ。……んんぅ」

上顎や下顎、歯列を隈無く舐められる。鼻にかかった淫らな声が出てしまうほど気持ちいい。

オスカーにも気持ちよくなってほしくて、おずおずと舌を絡める。するとすぐに舌を捕らえられて、ちゅうっと吸われた。その瞬間セシリアは、身体の中心が内側から熱くなっていく感覚がした。

（怖くなるほど、気持ちいい……。とても甘くて、どんどん蕩けてくる）

丁寧に下唇を喰み、弄ぶように舐められる。オスカーの首に手を回して、心から彼を求める。

溶けてしまいそうなほどのキスが、甘美なほど気持ちよくて、どんどん夢中になっていく。ふやけた唇が離れる時には、セシリアもすっかり鼻で呼吸が出来るようになっていた。

「上手だ」

「ふ、あ……」

セシリアはとろんとした顔で、もの寂しげにオスカーの唇を見る。

それに気がついたのか、オスカーはまたしてもぎゅうっと抱きしめ、頭を撫でた。

「はー、かわいい。両想いなんて、夢みたいだ」

「私も、です……！」

セシリアはだんだんと実感が湧いてきて、ふわふわとした気分だ。

今までオスカーには、忘れられない人がいるかもしれないと思っていた。でもそれは違った。

彼のハチミツ色の瞳がセシリアを熱っぽく見つめて、また甘いキスを落とす。

「なあ、このまま襲ってもいい？」

「え、ええっ⁉」

お、襲うとは、もしかして夫婦が行う閨事のこと……⁉

閨については、セシリアにも知識がある。仮にも王太子の婚約者だったから、未亡人の教師から教わったのだ。それにもう、セシリアの秘められた花びらの奥から蜜がつたっている。

セシリアは、心も身体も期待していると気がついた。

「俺、当たり前だけど、ずっと我慢してたからね。お風呂上がりにいい匂いがするし、薄着だし、素肌がエロいし。男だって、認識されてないと思ってたよ？」

「お、オスカーさん……っ」

どんどんと近づいてくるオスカーの迫力に、自然と後ずさってしまう。

すると、あっという間に背中が壁について、オスカーの肘がドンと音を立てて顔の横に来て追い詰められた。

セシリアは頭の片隅で、さすがSSランク冒険者だと妙に納得した。

（きちんとお話をしなくてはいけないって分かってる。でも明日まで猶予があるもの）

セシリアは、大好きなオスカーに身を任せてみたかった。だって、聖女として単身隣国に旅立って離ればなれになる可能性だってあるのだ。今だけはどうか、オスカーのことで頭をいっぱいにしたい。

それはすごく身勝手だって分かっているけれど。

「……オスカーさん、私の初めてをもらってください」

彼の頬を両手で包む。そして、覚えたてのキスをした。

拙いが、気持ちのこもった甘い口づけ。

「俺も、全部をあげる」

宙に浮いた感覚がしたかと思えば、横抱きをされて、オスカーの足は自らの部屋へ進んでいった。

しかし大事なことを思い出す。昨日の夜に湯浴みはしているけれど、少しでも綺麗な状態にしたい。

そう思ったセシリアは彼に気づかれないように自らの身体に洗浄魔法をかけた。

本当は直前に湯浴みをしたかったが、もう高まった気持ちを抑えきれないから——。

◇◆◇

ふんわりと良い香りがするベッドにそっと降ろされて、セシリアの頭を支えながら、優しく押し倒される。目の前に大好きな人がいる。それだけで胸がときめく。

「……初めてだから上手くできなかったらごめん。でも、出来る限り痛くないように丁寧にするから」

セシリアは、頬をりんごのように染めて、頷くことしか出来なかった。オスカーも初めてと知って、嬉しい気持ちでいっぱいになる。

眼鏡を外した彼のハチミツ色の瞳を直に見たら、とても熱っぽくて情欲が混ざっているのが分かった。これからの行為に少し緊張して瞼を閉じると、それを解すように唇が重なる。

何度も何度も啄まれるようなキスをされたかと思えば、下唇を舐めとられて喰まれて、鼻にかかった吐息が漏れてしまう。心臓の音が尋常じゃないくらい、速く鳴っている。

「駄目だ、可愛すぎる……」

余裕のなさそうな彼の低い声に胸がときめく。今度は、額に、目尻に、頬に、キスが落ちてくる。髪の毛を耳にかけられて耳たぶにも、そのまま下に進んで首筋を強く吸われて、甘い吐息が漏れる。

「セシリア」

愛おしそうに名前を呼ばれると、何故かお腹の奥が切なくなる。

再び顔が近づいて頬に大きな手を添えられた後、ゆっくり唇を舐められた。彼を受け入れるように少し隙間を開けると、すかさず熱い舌が入り込む。咥内で舌が重なると、蕩けてしまいそうになるくらい気持ちがいい。夢中になって彼の舌を追いかけていくと、体温が上がっていく。

「……んぁ、オスカー、さん……っ」

そんな最中、頬に添えられていた大きな手が、肩を撫でて、腕のほうへと下がっていく。キスをしながら触れられる感触に、ゾクゾクとした気持ちよさが背中に走る。

今度はくびれに手を置かれて上へ進み、脇の手前まで大きな手が来ると、膨らみを確かめるように、やわやわと胸を揉みしだかれる。

「……あぁっ」

くすぐったいような気持ちよさに驚いて、媚びたような声が出た瞬間、唇が離れて銀色の糸が伝った。

ハチミツ色の瞳の熱が先ほどよりもずっと燃えたぎっている。こんなに美しくて紳士的なオスカーにも欲望があって、それが自分に向けられている。そう考えるとセシリアの身体も熱くなる。

「可愛い、好きだ」

その言葉はあまりにも心がこもっていて、嬉しくて瞳が潤む。心配そうにこちらを眺めて、目尻にキスを落とされると、もっと触れてほしくなる。彼の頬に手を添えて、セシリアが囁く。

「オスカーさん、触って」

「っ！」

彼の喉がごくりと鳴った。遠慮がちにオスカーの大きな手が膨らみに触れると、服の上から胸の柔らかさを堪能するように、形を変えていった。

だんだんと手つきが大胆になっていくと、時々先端を掠めて、吐息が零れる。

布越しがもどかしくて、彼も同じように思ったのか、不慣れな手つきでワンピースの裾を捲って持ち上げ始める。時折太ももや腰に彼の手の甲が触れて、そのたび心臓が飛び上がった。

今はまだお昼過ぎで太陽はこれから身を隠していくが、セシリアは一糸も纏わぬ姿になっていく。こんな明るい場所で裸になるのは抵抗があったが、オスカーに全てをさらけ出したい、素肌同士で触れ合いたい、そんな欲望も湧いてきた。

とうとう鎖骨までワンピースが捲り上がると、オスカーを手伝って、布を持ち頭から脱いだ。

身に纏っているのはもう下着だけ。素肌が空気に触れる感覚に、頭がくらくらした。

「……綺麗だ。セシリア」

熱い視線を感じる。

ハチミツ色の瞳と視線が交差すると、お腹の奥から蜜がとろりと溢(あふ)れ出るのが分かった。

「そんなに見ないでください……っ」

幼い印象のセシリアの女性らしい体つきに、オスカーは釘付(くぎづ)けになっていた。

手足が細く、全体的に華奢(きゃしゃ)なのに、胸だけはよく膨らんでいる。くびれの曲線もなまめかしくて、肌もキメが整って滑らかだ。

その視線からどうにかして逃れたくて、胸元を両腕で隠す。

「駄目、もっと見せて」

「ひゃっ」

しかし手首を優しく掴(つか)まれてシーツに縫いつけられると、隠していた胸の谷間が、彼の目に映ってしまう。さっきまでは、全てさらけ出したいと思ったけれど、やっぱり恥ずかしい。顔は熱くて、耳まで赤くなっているだろう。でもオスカーに見られているだけで、気持ちいい感覚がしてくる。

「本当に綺麗だ……」

「んんっ」

彼はそう呟くと、胸の谷間にキスを落として少し強く吸った。するとそこに赤い印が咲いて、オスカーが満足そうに微笑(ほほえ)むと、下着姿のセシリアを見ながら性急にシャツを脱ぐ。

腹筋が割れていて、綺麗に鍛えられた身体に、思わず見惚れてしまった。

「セシリア。下着を、脱がしてあげる」

「っ!?」

抱きしめられて直接体温に触れたかと思えば、背中にある下着のホックを外されて、今まで収まっていた大きな胸があふれ出て、その中央にある突起が尖っているのが彼に見えてしまった。

「っひゃあ」

「可愛い、首まで真っ赤だ」

オスカーの大きな手がまた胸の上に置かれる。布越しじゃない、そのまま膨らみを触られる感触に痺れるような気持ちよさを覚えた。

自分の胸が、大好きなオスカーによって形を変えられていく。

彼の大きな手でも、有り余っている胸が、何だかいやらしく思えて仕方がない。

「あぁっ」

胸の先端に指が掠ると、ぴりりとした刺激で、自然と甘やかな声が出てしまう。恥ずかしくて目を瞑ると、オスカーは思い立ったように、両方の突起を指で摘む。その突然の快感にびっくりして、瞑ったばかりの目を見開いた。

「っひぁ！　ん、ん……オスカーさっ」

「ここ、気持ちいいんだね」

「……ふっ、あぁ……きもち、です……」

薄桃色の突起をぐりぐりされると気持ちよくて、またお腹の奥から蜜がとろとろ出てくる。

その後もオスカーに、ツンと立った先端を転がされながら、何度目かの深い口づけをされる。淫らな水音が響いて、セシリアはキスで口を塞がれていても、くぐもった声が漏れてしまう。

「……っ、ん、んんぅ」

蕩けるようなキスも、胸の甘い刺激も、全てが気持ちいい。それも大好きなオスカーに与えられているものだと思うと、余計に。

しかし急にその甘美な刺激が止まる。物寂しくて彼を見つめると、切羽詰まったような表情を浮かべていた。

「ちょっと待って。苦しくなってきたから脱ぐね」

オスカーの身体が離れると、ガシャガシャと乱雑にズボンと下着を脱いで放り投げた。

するとおへその辺りまで、そそり勃った熱棒があらわになった。先っぽからは、透明な粘液が溢れ出ている。彼は恥ずかしそうに目を逸らした。

「ごめん、セシリアが可愛くて……」

「……っ！」

（お、大きい……！　あんなに大きなものが、私の中に入るの……？）

初めて陰茎を目にして、セシリアの表情が驚きに染まる。

それに一糸も纏わぬオスカーは、名匠の彫刻のようで、あまりに幻想的だ。引き締まった身体が逞しいのに、どこかしなやかな印象も受ける。なんだか神々しさすらあって、セシリアはドキドキした。

「大丈夫。まだすぐには挿れないから。もっとセシリアに触れたいし気持ちよくなってほしい」

「は、はい……」

ただ見惚れていただけなのに、彼は怖がらせてしまっているのかと解釈して、安心させるように笑顔を浮かべた。セシリアは、まるで色香に包み込まれたように、魅了される。

（やっぱり、私。オスカーさんの魅了にかかってる）

魅了スキルとか関係なく、オスカー自身に溺れている。きっと、これからもずっと。

セシリアは、早くこの身を捧げたいと、オスカーをぎゅううっと抱きしめた。

素肌同士が触れ合う、温かくてすべすべとした感覚が心地良い。

「オスカーさん、綺麗です」

「何言ってるの。綺麗なのはセシリアだ。心も、身体も、全て」

オスカーは宝物を愛でるようにセシリアの頬を撫でた後、ゆっくりと胸の突起を口に含んだ。

「ひゃんっ!?」

まさか身体を舐めるなんて思っていなかったセシリアは、困惑と快楽が交ざりあって戸惑ってしまう。でも胸の先をちゅくちゅくと吸われると、彼がまるで赤子のようで愛おしさも感じてくる。

「んぅっ……あ、っんん……」

セシリアは快感に悶えながらも、オスカーの頭を撫でる。細い髪の毛がふわふわで柔らかい。

「あれ？　何だか余裕だね」

「つぁ！　そ、そんなことは……っ」

カリッと胸を甘噛(あまが)みされたかと思うと、オスカーの大きな手がおへそ、太ももへと進んでいく。

肌を滑る感覚に身体をよじると、とうとう秘められた場所へと到達した。

「あっ、そこは……！　っんぅ、」

彼が胸を舐めながら器用にセシリアのショーツの紐(ひも)を解(ほど)いて剥(は)ぎ取り、あらわになった花びらを長い指で確認するようになぞっていく。

いくら初めてのセシリアだって、もう触ってほしいところが分かっている。ひどく疼(うず)いて、仕方がないところ。だからもどかしくて、少し腰が浮いてしまう。

相変わらず、胸に舌を這(は)わせているオスカーは、くすりと笑う。

そしてセシリアが求めていた花芯を擦(さす)った。

「ひゃっ、……あぁっ‼」

びりりと強い快感がセシリアの背中にまで突き抜ける。胸を舐められているだけで気持ちがいいのに、二ヶ所も刺激されるとおかしくなりそうになる。

「こっちのほうが気持ちいい？」

「んぁ、あ、ぁっ」

胸からオスカーの形の良い唇が離れたかと思えば、セシリアの膝を曲げて、秘められた花弁がよく見えるように股を広げる。するとお尻のほうまで蜜が滴(しただ)ったところが、彼の瞳に映ってしまう。

「っ！　やだ、見ないで……っ」

あまりの恥ずかしさに足を閉じようとするが固定されて全然動かない。オスカーはというと、そこをうっとり凝視している。ただでさえ明るい昼間なのに羞恥心で死んでしまいそう。

「すごい、ここも綺麗だ……！　それにちゃんと濡れてる。良かった」

「やだっ、恥ずかしいです……!!」

「だけど俺も初めてだから、ここをしっかり見ないと上手く出来ないよ。ほら、見せて」

「で、でも……！」

恥ずかしいけれど、足の力を少しだけ抜く。

すると今度は、彼の長い指に花びらの蜜をまとわせ、花芯をゆるゆると刺激された。

そのあまりの気持ちよさに、たちまち背中が弓なりになっていく。

「セシリアのここ、ちゃんと膨れて可愛い。それにこっちは、ヒクヒクしてる」

「あっ、」

骨張った長い指でツーっと触れながら彼が喋る。オスカーに秘部をしっかり見られていると思うと、熱が上がって余計に蜜口が蠢いてしまう。セシリアはあまりの恥ずかしさに瞳を潤ませた。

「我慢させてごめんね。早くこっちも可愛がってあげる」

「ちがっ……！　やっ、そんなところ……！」

オスカーは秘所へ綺麗な顔を近づけた。躊躇いなく花芯をぱくっと口に含まれて、ちゅくちゅくと吸われていく。

「っひゃぁぁあん！」

腰が浮いてしまうほどの強烈な快感に一瞬意識が遠のいた。

そして長い指を一本、蜜口にゆっくりと沈められる。

「んあぁあっ……！　あ、あん……、ああ……っ」

「セシリア、痛くない……？」

初めての異物感が少し苦しいが痛みはなくて、セシリアは大丈夫だと必死に頷いた。むしろ、オスカーの綺麗な指が自分の中に入っていると思うと、背徳感を感じ本能のままぎゅうぎゅうと締めつけてしまう。

「ひあ！　んん、あ……！　ひゃ、んんっ」

蜜口に指を差し込まれたまま、花芯を舌で弄ばれる。

またしても二ヶ所同時に愛撫を受けて熱に浮かされてしょうがない。

必死に快感を受け入れていると、何だか先が見えない高みへ昇り詰めていく感覚がした。

「ああっ、んぁ……！　だめ、なにかきちゃう……っ」

中の指をぎゅうぎゅう締めつけてしまって、頭が真っ白になっていく。

「……やっ！　あ、あ、あ……！　ひぅっ！　き、きちゃぅ……！　んああ……っ」

指を増やされて、より一層花芯を強く吸われた瞬間、ぱちんと瞼の裏が光って弾ける。昇り詰めた快楽の波が、身体中に広がっていき、腰がガクガクと震えた。

それに、心臓の音が走ったみたいに速い。

「もしかして達した……？　気持ちよくなってくれて嬉しい」

（これが、達するということ……）

好きな人と触れ合うのってこんなに気持ちがいいんだ。もっと、もっと感じたい。そんな淫らな考えに至るほど、オスカーから与えられる快楽の虜になった。

そして指が抜かれると、物寂しくて堪らなくなってゆく。

「オスカーさん。わたし……」

「うん。……俺も限界。でも、ちゃんと入るかな。もう少し解したほうが……」

心配そうにセシリアの様子を窺う彼は、やっぱり紳士だ。だけれどすぐにでも一緒になってオスカーにも気持ちよくなってほしい。だからセシリアは、瞳を潤ませてねだった。

「お願いします、はやく一緒になりたいです……っ」

「っ！　セシリア、俺を弄ばないで」

オスカーは苦しげに、髪の毛をかきあげる。その綺麗な顔はセシリアと同様に熱に浮かされていた。

彼の大きな手が、セシリアの腰を捕まえると、熱棒を蜜口にあてがった。

「……ゆっくり挿れるよ」

「はい。……んんっ」

濡れそぼった蜜口に、熱くて硬いものが徐々に挿っていく。

奥へ奥へと進むたびに、張り裂けるような痛みに必死に耐える。

「っく。もうちょっと」

余裕がなさそうにオスカーが顔を歪めて、額から汗の粒が伝った。彼は途中で進むのをやめて、痛みに歪むセシリアの唇へ宥めるようなキスをした。

優しい口づけが、だんだん深くなっていく。その気持ちよさで痛みが和らぐ。

(大丈夫。痛みは後で、回復魔法を使えばいいから)

今は早く彼と一緒になりたい。それだけだ。ハチミツ色の瞳を強く見つめてみれば、彼が頷く。

最奥を目指して再度彼は突き進む。狭い蜜壺の関門を抜けると、鋭い痛みがセシリアを襲った。

「ひっ、あぁぁあ！」

小さな悲鳴をあげた瞬間、涙がぼろぼろと零れた。

大きな質量が苦しいし、ジクジクして痛い。

でも熱いオスカーの体温を身体の内側で直接触れている。それが何より嬉しくて仕方がない。

「ごめん。痛いよな」

必死に首を振ると、零れた涙はオスカーの親指で拭われた。辛い痛みに耐えるセシリアを気遣って、彼は腰を動かさずに顔へキスの雨を降らしてくれる。

その優しい行動が心からの愛情に感じて、オスカーと一つになれた幸せに浸った。

「今日は一緒になれただけで幸せだから、このままくっついていようか」

「やっ、平気、です……。今から、回復魔法を、っ」

お腹に手を当てて、魔力を内側へ通す。しばらくするとだんだんと痛みが引いてきて、今度は彼が奥までピッタリ沈んでいることで、何となく気持ちいい感じがしてきた。

「んんっ。もぅ、大丈夫です……っ」

「——セシリア……。分かった、痛くなったら言うんだよ」

こくりと頷くと、愛おしそうに見つめてくれて、ときめきが止まらない。

それに何だか中に彼が挿っていることが自然なような感覚で、蜜壺が勝手に収縮してしまう。

すると途端にオスカーは、苦しげに唸る。

「っく。そんなに締めないで」

「ご、ごめんなさい、勝手にぎゅうぎゅうしちゃう……っ」

熱棒を無意識で締めつけてしまい、彼の形がリアルに感じ取れてしまう。それが気持ちよくて堪らない。緩めようとしても止め方が分からず、余計に中がうねっては途方に暮れる。

「……ふぅ。じゃあ、少しずつ動いていい？」

「はいっ。たくさん気持ちよくなって……！」

彼がセシリアの華奢な肩を掴むと、ゆっくり腰を打ちつけ始めた。

蜜壺が擦れる初めての感覚に戸惑いつつも身を任せると、だんだんと中が甘く痺れていき、言葉にならない嬌声があがる。

「あ、あ……っ！　っ、ひゃん！」

熱棒がギリギリまで引き抜かれて奥に突かれるたび、快感のさざなみに襲われる。だんだん深くまで打ちつけられる衝撃に耐えるようにシーツを握れば、その手はすぐ彼に掴まれて指を絡めあって手を重ねた。オスカーの綺麗な顔が、なまめかしく歪むと、余裕のなさそうな低い声で呟いた。

「っく。駄目だ、もう出そう」

「〜〜!?　あぁあっ！　激しっ、まって……っ」

今までだって充分激しかったのに、より一層、奥に向かって抽挿（ちゅうそう）する。

ぱちゅんぱちゅんと水音が響き渡り、甘くて鋭い刺激が強くなって高まる。

セシリアはあまりに気持ちよすぎて、おかしくなりそうだった。

「……やっ、イっちゃう……！　っあん、ひゃあぁあん！」

オスカーが熱液を出した瞬間、その衝撃でセシリアの快感が弾けた。

雷が落ちるような激しい快感が、背中から体中に広がる。オスカーの熱棒が中でビクビクと脈打つと、淫らな蜜壺は、それをきつく搾りあげた。

「っ、締まる……！」

「ご、ごめんなさいっ」

「いや、そんなに感じてくれて、嬉しい」

彼はセシリアの白銀の髪の毛を掬（すく）い口づけると、恍惚（こうこつ）とした表情を浮かべて呟く。

「セシリア、俺を受け入れてくれてありがとう。愛してる」

「はい。私も、大好きです……！」

「セシリアに好きだと言ってもらえるなんて、本当に夢みたいだ」

ぼふりとオスカーに抱きしめられる。セシリアの頬にキスを落とした後、彼の甘やかな声が耳元で囁かれる。

「ねえ、もっとセシリアとしたい。もちろん身体が辛いなら我慢するけど、……だめかな？」

その瞬間、蜜壺の中で再び熱を持った彼が奮い立つ。愛おしいオスカーにまた求められて幸せだ。

（私も、もっとしたい……っ）

セシリアは顔を真っ赤に染めて、ゆっくり縦に頷いてオスカーの首に抱きつく。

自然と唇が重なり、甘く蕩ける口づけを交わす。そして二人は再び身体を重ねていった。

窓の外が暗くなってからしばらくして、セシリアは白旗をあげた。冒険者であるオスカーもさすがに体力の限界で、二人してベッドに横になる。

セシリアは微睡（まどろ）みながらも、オスカーのハチミツ色の瞳を眺める。パチリと目が合うと、ふんわり切なげに笑って、言葉を紡ぐ。

「オスカーさん。私、やっぱり聖女の力を持つ者として、王国民の皆さんが心配なので、一旦ルビラ王国へ帰ろうと思います。必ず貴方（あなた）の元へ戻るので、待っていてくれますか」

セシリアの居場所は、オスカーの隣。せっかく両想いになれたのに離れたくはない。

それに、『オスカーから離れない』という約束を無下（むげ）にするのは心苦しくて辛い。

だけれど魔物で溢れかえって、母国やブロンフラン王国が滅びてしまうかもしれないと考えると……。

そんなセシリアの言葉を聞いたオスカーは口を尖らせて、拗（す）ねた声を出す。

「俺が何もせずここで待ってるわけないだろ。セシリアと一緒に行く」

「え？　でもっ」

オスカーは、ギルバード王太子殿下の配下であり、ＳＳランクの冒険者でもある。

だからこそ、ブロンフラン王国を離れてもいいわけがない。

それなのに、オスカーのハチミツ色の瞳は、セシリアを真っすぐに見つめた。

「セシリアは、俺が守りたい。嫌と言われてもついていくからな」

「オスカーさん……っ」

ハチミツ色の瞳に、強い意志が宿っている。セシリアはただただ申し訳なくて、眉を下げた。

「こんなことに巻き込んでしまって、ごめんなさい。でもどうか、無理はしないで」

「前にセシリアが手の届かないところに行くのは嫌だって言ったろ？　それは今だって変わらない」

縋るようにオスカーがセシリアを抱きしめる。セシリアは、オスカーにこれ以上迷惑をかけたくなかった。いつだって彼の役に立ちたいだけなのに、逆に甘えてばかりで悔しい。

「明日の昼、一緒に行くってギルバードさまに言う。だから、一人で行くなんて言うな」

でも一緒に行かない選択肢は、オスカーの中にはなかったようだ。

セシリアは、眉を下げたまま、困った笑みを浮かべた。

「分かりました。それでは、よろしくお願いします」

「ありがとう」

――感謝をするのはこちらのほうだ。

オスカーが優しすぎて、一生を尽くしても、恩を返せないような気がした。

第九章　決意と旅立ち

翌朝。オスカーと一緒に、冒険者ギルドへやってきた。

これから街を離れることをテッド支部長に話さなくてはならないからだ。

支部長室の前で深呼吸してから扉を三回ノックするとすぐに返事があって二人は入った。

「二人揃って一体どうしたんだ？」

「あの、テッド支部長にお話がありまして……」

まずはセシリアから、隣国に行き、聖女の力を使って、魔物の大量発生の原因を浄化する旅に出ると話し始めた。もしかしたらこのことは驚かせてしまうし話さないほうが良いのかもしれない。けれど、もうこれ以上、嘘をつきたくなかった。


「……せ、聖女？　……魔物の大量発生を止める？」

「はい。にわかには信じがたいと思いますが……。雇っていただいたばかりにもかかわらず、身勝手な都合で、大変申し訳ございません。こちらをお受け取りください」

案の定、驚いているテッド支部長に、退職願を渡す。本当はこの仕事を辞めたくなんてないけれど、どれくらいの期間この街を離れるか分からないから仕方がない。

しかし返ってきた言葉は、意外なものだった。

「……これは受け取れないな」

「て、テッド支部長……!?」

テッド支部長は、退職願を押し返した。そしていつもの気さくな笑顔でセシリアを諭す。

「セシリアちゃんが戻ってきてから、退職するかどうか決めれば良いだろう。問題が片付いてから、この仕事を辞めるかどうか考えればいい」

「でも、迷惑じゃ……」

「だって辞めたくないって顔に書いてるぞ？　どうしても戻るのが無理だったら手紙をくれ、聖女さま。気をつけて行ってきな」

「……っ！　あ、ありがとうございます」

テッド支部長はいつもギルド職員に寄り添って物事を判断してくださる。聖女だと言っても疑いもせず信じてくれて、変わらない態度で接してくれた。そのありがたさで、感情がぐちゃぐちゃに揺れた。

「それで？　オスカーもついていくのか？　婚約者殿？」

「もちろん。だから申し訳ないけど、旅から戻るまで緊急要請に応じられない」

「お、おう。そりゃ大変だ。……いやでもオスカーに頼りっきりだったから、他の冒険者もビシバシ鍛えなきゃな」

テッド支部長は、頭を抱えながら唸る。確かにＳＳランクは、ドラゴンの群れでも倒せるという。このブロンフラン王国の五本の指に入る強さなのだから、オスカーがいないとなると、かなりの痛手だろう。

「オスカーさん、テッド支部長。あの。私が不在にしている間、ムーア街全体にまた加護の結界を張っても良いですか？」

心配に思って、セシリアが控えめに申し出た。

魔物がかなり増えているから、また以前のような魔物の大群が襲ってくるかもしれない。

「えっ！　良いのか……？　そりゃあ、助かるが……」

セシリアとテッド支部長が、オスカーを見遣る。

するとオスカーは、足を組み直して、どこか不機嫌そうに呟いた。

「……俺も見守ってて良いなら」

「わあ！　オスカーさん、許可してくれてありがとうございます！」

ホッとしたセシリアは、にこにこと微笑んだ。

これで、安心して旅立てると。


冒険者ギルドの屋上に着くと、セシリアは真剣な眼差しでムーア街の景色を見た。

「それでは、始めます」

深呼吸をしたセシリアを取り巻く空気が、神聖なものへと変わっていく。身体の内側にある魔力を一気に放出し、よく通る声で呪文を紡ぐ。

「聖なる水の精霊よ。このムーア街に、加護を授けたまえ」

セシリアの銀色の魔力が、朝陽に照らされて、キラキラと街中に広がっていく。オスカーが、テッドが、街の人が、その美しい光景を見上げる。

街の隅々まで魔力が行き渡るように、セシリアは舞い踊る。片足に重心を置いて、半歩踏み出し、飛び跳ねる。指先にまで意識を向け、街中に魔力をどんどんと送り込む。

（私を受け入れてくれたこの街を、精一杯守りたい）

セシリアはそう願いながら、くるりと回って、跳ねて。また回っていく。

（どうか、どうか。この街の誰もが、魔物の餌食になりませんように）

舞を続けていくと、銀色の魔力が一層キラキラと輝く。街全体が結界で覆われた合図だ。

聖女の神器がなくても、再びやり遂げられたことに、セシリアは安堵した。

「終わりました」

神々しいセシリアに見惚れていたオスカーは、はっと我に返った。

早歩きでセシリアの元へ向かい、ぎゅうううっと、キツく抱きしめて囁く。

「セシリア、お疲れさま」

「ふふっ。オスカーさん、苦しいです」

オスカーの背中をとんとん叩くと、やっとセシリアは腕の中から解放された。

その時、テッド支部長が、勢いよく頭を下げた。

「セシリアちゃん、いや聖女さま。ご加護をありがとうございました」

「そんなに畏まらないでください。セシリアで良いですよ。それに私が勝手にやったことですから」

綺麗に笑うセシリアを隠すように、テッド支部長との間に入るオスカー。

首を傾げたセシリアの手を、オスカーは優しく握った。

「セシリア、戻るよ」

「はい」

するとセシリアは、改めて表情を引き締めて言葉を紡いだ。

「テッド支部長。この忙しいなか、欠員が出て申し訳ありません。皆さんにも、謝罪の言葉をお伝えいただければありがたいです……！」

「わかった。この街のためにも、よろしく頼んだ！」

「はい！　皆さんのためにも、頑張ってきます！」

テッド支部長への挨拶が終わると、オスカーに手を引かれ、自宅に戻った。

陽射しが強くなってきたお昼過ぎ。

約束通り、大司教とギルバード王太子殿下らが家を訪れ、前日のようにリビングのソファへ座った。

ギルバード王太子殿下は晴れた表情のセシリアを見て、にっこりとした笑みを浮かべた。

「で、覚悟はついた？」

「はい。ルビラ王国に一度戻り、出来る限り力を尽くしたいと考えています」

「セシリアさま。ブロンフラン王国の王太子として、感謝をするよ」

セシリアが大きく頷く。

それを見届けたギルバード王太子殿下は、次にオスカーに向けて優しげに微笑んだ。

「オスカーも一緒に行くんだろう」

「はい。ご許可をいただけますか……？」

「もちろん。君が、初めて一人の人間に執着したんだ。応援するに決まってるだろう」

「っ！　ありがとうございます」


旅の支度を終えたセシリアとオスカーは、家の玄関口に出る。

すると、大司教とギルバード王太子殿下らが、見送りのために待ち構えていた。

そしてギルバード王太子殿下が、セシリアとオスカーに問いかける。

「準備は出来たかな？」

「はい」

後ろにいた大司教が一歩前に出てくると、眉を下げ、言葉を紡いだ。

「セシリアさま。皆の尻拭いをさせてしまうようでお詫びのしようもない。それにまだ、教皇猊下と打ち合わせがあってね。私は後からルビラ王国に戻るんだ。一緒に行けないことも申し訳ない。せめてもの償いとしてこれを受け取っておくれ」

「これは……？」

大司教から渡されたのは、キラキラ輝いているクリスタルがついたネックレスだった。

セシリアは手に取ったあと、不思議そうに眺めた。

「物理攻撃を一回防ぐ、守り石のネックレスだ。私が毎晩祈ったから効き目はばっちりなはずだよ。あとこれは、教皇猊下の書状。ルビラ王国への入国を認めるよう書いてある。何かあったらこれを見せるように」

「大司教さま、ありがとうございます」

セシリアは気を配りながら、書状も受け取った。

大司教からの話は終わり、今度はギルバード王太子殿下が喋り始めた。

「僕からもこれを授けるよ。オスカーには、ブロンフラン王家の紋章。上手く使ってね」

「承知しました」

王家の紋章は、ブロンフラン王家からの命令で動いていることを証明する貴重なものだ。

黄金で出来ており、いかにも重厚感がある。

「セシリアさまには変身魔法がかかった指輪をあげる。その白銀髪に紫色の目はよく目立つからね」

「あ、ありがとうございます……！」

シルバーのシンプルな指輪を受け取ると、ギルバード王太子殿下は続けてこう言った。

「ほら、セシリアさま。早速つけてみてよ」

「はい」

セシリアには大きいサイズだったので、親指にはめてみる。すると次第に、白銀色の髪の毛が、あまり目立たないブラウンに。淡いラベンダー色の瞳は、よく見かける緑色に変化した。

そして、最後にフード付きのローブを受け取り、服の上から羽織った。ローブを着ているのも目立つが、セシリアとオスカーの顔は整っていて、素顔を晒しているほうが余計に目立つと言われたからだ。

「セシリアさま、この街でのご活躍は隣街まで広まっていたよ。だが、悪意ある人間には気をつけて。オスカー君、セシリアさまをどうか、お願いします」

「二人とも気をつけて。よろしくね～！」

大司教とギルバード王太子殿下の言葉に大きく頷いた。

そして準備万端なセシリアとオスカーは、黒馬に乗り旅立っていった。

黒馬をしばらく走らせると、オスカーと出会ったヘイズの森の奥地まで進んだ。

月光が眩くなると共に、どんどん辺りが暗闇に包まれていく。

オスカーが黒馬を操り、徐々に速度を落としていくと、やがて停止する。

「そろそろ野営の準備をしようっか」

「はい」

先に降りたオスカーの手を取り、地面に降りる。

その後は、慣れた手つきでオスカーが黒馬を木に繋ぐ。

「俺は天幕(テント)を準備するね」

「私に出来ることはありますか？」

セシリアも聖女時代に、何度も野営を経験している。だから少しは役に立つはずだ。

「ううん、魔法をかけた天幕だから。一人でも大丈夫」

「分かりました。それなら私は、焚(た)き火用の薪(まき)を拾ってきます」

「お、助かる。でも俺の見えるところで拾うこと」

「ふふっ。分かりました」

オスカーの視界に入る範囲で、よく乾燥している枝や葉を探す。湿った枝だと燃やした時にひどい臭(にお)いがしたり、爆(は)ぜたりして大変だから。あとは着火用に、針葉樹のトゲトゲした葉っぱも集める。

三十分も経(た)てば、拾った枝や葉がこんもり山になった。

「随分いい枝と葉っぱを拾ってきたね」

「冒険者のオスカーさんに、褒めてもらえてよかったです」

セシリアは満足げに笑うと、オスカーも釣られて笑った。そしてオスカーの魔法であっという間に火がつく。焚き火の炎がゆらゆらと揺らめいて、気持ちが落ち着く。

辺りはすっかり暗くなっている。明かりはランタンと焚き火と月の光だけ。

セシリアは月の方角に手を合わせ、敬虔(けいけん)な祈りをした。

そしてその後、魔物が来ないよう加護の結界を張り巡らせる。

「終わった？　今夜は俺が夕食の用意をするよ。簡単なものだけどね」

「わ、楽しみです」

家に備蓄していた食料が入った袋を開けるとオスカーは、かたまりのチーズとパンを取り出した。

チーズを切って、ナイフに載せたまま焚き火で炙る。

とろりと溶けてきたら、切ってあるパンにかけて、セシリアに渡す。

「おいしそう！」

「熱いから気をつけて食べてね」

「はい！　太陽神と月神の豊かな恵みに感謝して、いただきます」

かぷりと齧りつくと、焚き火の香りがふわっとする。その後、チーズがとろーんと伸びていく。

チーズのミルキーさと、もちもちのパンが、絶妙にマッチしていて……。

「オスカーさん！　とってもおいしいです！」

「それはよかった。うん、冒険者飯ってところかな」

オスカーは頷きながら自分の分を頬張っている。

焚き火で炙った特別感もあって、セシリアは喜んで食べ進めた。

夏に近いとはいえ、夜は冷える。
食事も終え、焚き火の前で寄り添って暖まっていると、オスカーが薪を焚べながら口を開いた。

「そういえば、ルビラ王国の方角に向かってるけどさ。具体的にどこへ行って、なにをすれば魔物の発生を抑えられるのかな？」

ううむと、首を傾げるオスカーを見てハッと思い返す。

確かにオスカーに具体的な方針を話していなかった。

「ルビラ王国の王都から少し離れたところに、ハルティア聖域という場所があります。そこには大きな湖があって、水の中で聖女の神器を使って祈りを捧げれば、きっと国中の瘴気が浄化されるでしょう」

聖女だった頃、月に一度行われる魔物や天災による被害から守ってほしいと祈る儀式があった。

それを今一度行えばきっと魔物の大量発生は抑えられる、そんな予感がしていた。

「湖で……？」

「はい。聖女の力は、ほとんどが聖なる水魔法が使われるのです。だから水と親和性の高い場所が儀式に使われます。それに清らかな水は生き物を豊かにしますからね」

「へえ、そうなんだ」

丸一日冷たい湖に浸かって睡眠も食事も休憩もせず、ひたすらに祈るのだからとても大変な儀式だ。

でもその大変な儀式だからこそ、手を抜いたらすぐに綻びが生じる。

それとハルティア聖域には聖堂もある。セシリアはその場所で国外追放を言い渡された。

「あ！　その聖女の神器なのですが、きっと王都の大聖堂に保管されているはずです」

「わかった。それじゃ、まずは王都を目指すか」

「はい、そうですね……」

——王都、かつて過ごした場所。途端にセシリアの表情が憂いを帯びる。

国外追放された時、皆の非難の目が怖かったとセシリアは思い出す。けれど、今はオスカーが隣にいる。それがとても心強い。


焚き火も燃え尽きた頃、綺麗な星空を眺めていると、だんだん眠気が襲ってくる。

「そろそろ天幕で身体を休めて、明日に備えようか」

「はい、そうですね」

寝る支度を済ませ、靴を脱いで、オスカーの用意してくれた天幕の中に入る。

すると、そこには、予想外の異空間が広がっていた。

「ええ!? こ、これは……っ」

中の空間は、外で見た天幕の大きさを遥かに超えていて、オスカーの家のリビングくらいの広さがあった。天井も高く作られていて背の高い彼でもぶつからない仕様になっている。

野宿といえば寝袋が定番なのに、大人四人は寝れそうなベッドが置かれていた。白を基調にしたインテリアで、お洒落なランタンがいくつもあり、床には暖かそうな絨毯が敷かれていた。

「す、すごい！ どうなっているんですか……!?」

「ははっ。びっくりした？ 俺には、魔法の師匠がいるんだけど、作り方を教えてもらって、自分で魔法をかけたんだ」

「オスカーさんが作ったんですか⁉　こんなに快適ならここにずっと住めます！」

天幕の中を案内してもらって一番驚いたのは、お手洗いとお風呂場がついていたこと。水回りがどのような仕組みになっているのか不思議。洗浄魔法があってもきちんと湯浴みをしたいセシリアにとって嬉しい設備だ。

こんなに住みやすい天幕なんて、今まで聞いたことがない。すごいすごいと興奮気味の感想を伝えると、オスカーは得意げに笑った。

「天幕自体に認識阻害魔法もかけてるし、外にはセシリアの結界もある。ここはかなり安全地帯だね」

「はい、安心して寝られますね。オスカーさん、ありがとうございます」

にこにこ笑顔のオスカーは、少しずつセシリアに近づいてくる。

どうしたのかと疑問に思い首を傾げると、オスカーの腕の中に閉じ込められた。

「お、オスカーさん⁉」

「ねえ。ここは安全だから、キスしてもいいよね……？」

「えぇっ！」

出発した前日の甘い情事を思い出したセシリアは、一気に顔を赤らめた。

しかし、聖女としての役割を果たすための旅の途中なのに、いいのだろうかと考えてしまう。

「――セシリア、だめ……？」

「……す、少しだけならっ」

しかし縋(すが)るようなオスカーの切ない声に、セシリアの理性は崩れ堕(お)ちた。

彼が眼鏡(めがね)を外すと、顎(おとがい)を掴(つか)まれて、あっという間に唇同士が重なる。

下唇を喰(は)まれ、ちゅうっと吸われると、口が僅(わず)かに開く。その隙間(すきま)からオスカーの舌が入ってきて、セシリアから鼻にかかった甘い声が出る。

「ブラウンの髪にエメラルドの瞳のセシリアも可愛(かわい)いけど、やっぱり本来の色がいいな」

オスカーがそう呟きながらセシリアの親指にはまっている指輪を抜き取った。すると、綺麗な白銀色の髪と、淡いラベンダー色の瞳に戻っていく。

再び重なる唇。舌が絡(から)められると気持ちが良くて、必死にオスカーを追いかける。

ふいにセシリアを抱きしめる彼の手が、くびれを撫(な)でて、その下へ進んでいく。この後の行為に期待が走った時、さっきまで焚き火に当たっていたことを思い出し慌てて声をかける。

「あっ、待ってください。これ以上は……！　さ、先に、湯浴みをしたいですっ！」

「……ごめん、それもそうだね。焚き火もしてたし、俺も入るよ。この天幕、さすがに魔法灯はないから、このランタンを使って」

「ありがとうございます」

湯浴みが出来ることになってホッと息をつく。

「セシリア、先に入っていいよ。使い方は全部家と一緒だから、バスタブにお湯はってちゃんと温まって。俺は武器の手入れをした後に入るから」

「はい。分かりました」

荷物からネグリジェとタオルを出して、渡されたランタンを片手に脱衣所へ入る。

着ていた服を脱いで、お風呂場への扉を開けた。白いタイルが敷かれたお風呂場は清潔感があって居心地が良いし、壁にランタンを掛けたら夜にちょうど良い明るさになる。

まさか天幕の中で家のように湯浴みが出来ると思わなかったから嬉しいサプライズだ。

天井についたシャワーには魔石がはめ込まれていて、壁についたレバーを上にあげると適温のお湯が出る。バスタブにも蛇口がついていて、同じようにレバーを上げると、勢いよくお湯が出た。

お湯が溜まるまでの間に髪の毛を洗う。あまりに快適すぎて、まるで旅行に来ているみたいだなと小さく笑った。次は身体を洗おうとボディースポンジを使って石鹸を泡立てていく。

しかし何やら脱衣所で、布の擦れるような音がして首を傾げる。

その直後にお風呂場の扉が三回叩かれて、オスカーの声がした。

「セシリア、俺も入るよ」

ここは森の中。魔法をかけて安全が確保されているはずだけれど、何かあったのかと気を引き締めた瞬間、お風呂場の扉が開いた。そしてそこには、一糸も纏わぬ姿のオスカーが立っていた。

「きゃあっ⁉」

驚きのあまり悲鳴が出た。何か用でもあるなら服を着ているはず。それなら、どうして裸でやってきたのかと回らない頭で考えあぐねる。そのセシリアの慌てように、逆にオスカーがびっくりした。

「そ、そんなに驚いてどうした？　俺、武器の手入れしたら、風呂に入るって言ってたよな」

「わ、わ、わ……っっ」

先日見たばかりの、色香漂う鍛えられた身体に顔が熱くなる。

(も、もしかして、解釈違い……っ⁉　私が上がった後で入るのかと思っていたのですが……っ)

落ち着かせようとしてくれたのか、抱きしめてくれたのだけれど。セシリアの濡れた身体と、彼の体温が交じってなまめかしい感触がして、それがより一層、身体を熱くさせた。

「ご、ごめんなさい。あの、私がお風呂に入っている間に武器を手入れして待ってくれているという意味かと思っていて。だから一緒にお風呂に入るとは夢にも思わなくて……！」

「……あっ。こっちこそごめん。確かにちゃんと言葉にしてなかったかもしれない」

申し訳なさそうに眉を下げるオスカーの様子に安心した。

そして、抱きしめあった身体を離して、肩に手を置かれる。

「改めてセシリア。一緒にお風呂に入っていい？」

「……は、はいっ」

大好きな彼に頬を撫でられて、思わず頷いてしまう。それに対して満足そうに笑ったオスカーは、セシリアの持つ、泡立て途中のボディースポンジを指差した。

「それちょうだい。洗ってあげる」

「えっ⁉　でも、自分で洗えます」

困惑して彼を見上げるが、花の咲いたような綺麗な笑顔を見たら、言葉に詰まってしまう。

「大丈夫だよ。セシリア、こっちおいで」

お互いに立った状態で、後ろから抱きしめられる体勢になったかと思えば、彼がボディースポンジからたっぷりの泡を手に取る。

ボディースポンジをお風呂場の棚に置いて、両手で泡をセシリアの身体に塗りたくっていく。

「っ⁉」

まさか素手で洗うとは想像もしておらず、小さな叫び声が出る。

泡を纏った大きな手が滑っていく感覚が、とても色っぽくて変な気分になってしまう。セシリアはこのままではいけないと裏返った声で質問してみた。

「あの。ぶ、武器って、いつも持っている剣のことですか⁉」

「うん、そうだよ。あれは冒険者の任務につく時にギルバードさまにいただいたんだ。まぁでも魔法があるから全然使えてないんだけど、手入れくらいしないと申し訳ないからね」

話しながら、胸の膨らみの辺りを洗われると、覚えたての快感がじんわり刺激される。

オスカーはただ洗ってくれているだけなのに、これ以上は気持ちよくなってしまいそうで、真っ赤な顔で振り返って声を絞り出した。

「お、オスカーさん！　や、やっぱり自分でやります！　……っひゃん」

胸の先端をツンと弾かれれば、甘い声が飛び出る。

彼は悪戯っぽい表情を浮かべていて、この快感を引き出す手つきは確信犯なのだと察した。

「セシリア。まだ洗い終わってないから、じっとしてて」

「そ、そんな⁉　あぁっ」

泡でなめらかに手が滑る刺激に、改めて意識してしまうと、もう駄目だった。どこを洗われても全てが気持ちよくて、吐息が漏れる。

そして念入りに胸の先端を擦られると、セシリアの口から悩ましい声が出た。

「可愛い」

「っ」

耳元で囁かれたら、ぴくりと身体が揺れる。

くすっと笑って、後ろから耳を舐められながら、どんどん洗われていく。

泡を足して、腕や背中、お腹や足、脇の間まで念入りに洗われて、そのたびに身体中にむずむずと甘い痺れが広がり、お腹の奥が疼いてゆく。

息も絶え絶えになりながらも、洗い残したところは、あと一つになった。

「あの、後は自分で……」

「この泡でここも洗って大丈夫？」

セシリアの声が、意地悪な彼に遮られた。

「そ、それは全身使えるものだから、大丈夫ですが……。あ、あのっ、待っ」

蜜で溢れた秘所に、泡を纏った彼の大きな手をあてがわれた。

「～～ひゃうっっ」

オスカーの指が、期待でぷっくり膨れた花芯を掠めた瞬間、電流のような快感が走って、思わず力が抜ける。彼はというと、すぐにセシリアの細い腰を支えてくれて、また秘所を指でなぞっていく。

「ま、待って。……あぁんっ」

ひらひらした花びらやお尻のほうまで丁寧に泡で洗って、仕上げとばかりに花芯も念入りに擦られる。そのたびに小さく叫んで、彼の首に抱きついてしなだれかかった。

「セシリア、すごい濡れてる。洗ってるだけで気持ちよくなってくれたんだね」

「やぁ、言わないで……！」

オスカーが触れるからこうなったのに、随分理不尽な言いようでじっとり見つめてしまう。

すると眉を下げた彼が形良い唇を開いた。

「ごめんね。可愛くて、つい。……それじゃ、洗い終わったし流そっか」

シャワーで優しく流してくれると、ようやっと終わって緊張が解ける。

嫌だったわけじゃないけれど、とっても恥ずかしかった。

「先、お湯に浸かってて。後から入るから」

こくりと頷いてバスタブの中に足を入れる。少しぬるめのちょうど良いお湯加減で、疲れた身体が癒されていく。

すると洗い場でオスカーが自分の漆黒の髪の毛を洗い始めて、その初めて見る珍しい光景に目が釘付けになった。彼のただでさえ美しい身体に水が滴って色気が増していて、特に腰の筋肉で出来た斜めに入った深いくぼみが魅力的だ。そこを眺めてしまうと、何だか見てはいけないものを見てしまったかのようなドキドキ感に襲われる。

それに先ほどから密かに気がついていたけれど、彼の熱棒がとても昂っている。セシリアと一緒にお風呂に入っていることで反応しているのだと思うと、先ほどから高まり続けているお腹の奥が疼いた。

「セシリア、俺も入れて」

「は、はいっ」

変なことを考えていたら、オスカーが洗い終わったみたいだ。

バスタブに浸かっているセシリアの背後に入り込む。

再び後ろから抱きしめられると、背中に熱いものが当たっている感触がして意識してしまう。

「大丈夫？　のぼせてない？」

「ぬ、ぬるめのお湯なので、大丈夫ですっ」

振り返って彼のハチミツ色の瞳を覗(のぞ)けば、あの日のように情欲の炎が宿っていた。

目が合えば、引き寄せられるように、唇が重なり合う。縋りつくように彼の肩を抱きしめたのが合図になって、舌が咥内(こうない)に侵入してきた。

上顎(うわあご)や、歯列まで愛撫(あいぶ)するように舐められて、その気持ちよさに浸(ひた)る。

「ん、ふぁっ」

キスをしながら胸の膨らみに大きな手が添えられる。ゆっくりと形を変えて揉(も)みしだき、時折尖(とが)った先っぽを親指でぐりぐり押し転がされて、くぐもった声が唇の端から漏れる。

そして先端を親指と人差し指で、ぐりゅっと潰されたら、気持ちよさのあまり甘く叫んだ。

その衝撃で唇が離れ、オスカーとの間に銀糸が伝う。

「セシリア、すごく蕩(とろ)けた顔をしてる」

「っ!? か、揶揄(からか)わないでくださいっ」

「揶揄ってなんかない。物凄(ものすご)くそそられる」

軽く触れるだけのキスをされて、お湯の中で身体を持ち上げられる。

彼と向かい合わせで膝に座る体勢になると、オスカーの熱棒が、セシリアのお腹に当たる。

その長さがセシリアのおへそよりずっと上にあって、この大きなものが本当に自分の中に入ったのかと驚く。

まじまじと眺めてしまったから、考えていたことがオスカーにも伝わってしまったようだ。

腰を引き寄せられて、より距離が近づくと、二人の間に熱棒が挟まる。

「ひゃっ」

その昂った硬いものが、セシリアのお腹にあてがわれて、彼が小さく呟いた。

「俺のが、セシリアのここまで入ったんだね」

「――……っ」

自分が思っていたこととはいえ、あまりに恥ずかしいことを言われて、両手で顔を隠す。

羞恥心に悶(もだ)えていると、オスカーの指が胸の谷間をなぞって、もっと凄いことを言う。

「まだこの間の跡が残ってて嬉しい。消えないように、もっと濃く残しておくね」

「!?」

びっくりして顔を覆っている手を離して彼を見る。

肩に大きな手を置かれて、胸の谷間に顔を埋められた。確かにそこは湯浴みの時も鏡で見て照れてしまった跡がついている。まだ薄くもなっていない跡を強く吸われて、更に色濃く花を咲かせた。

その行為に胸がきゅんとして心臓の鼓動が速くなり顔が物凄く熱くなる。

それを見たオスカーが慌てて声を出した。

「やっぱりのぼせてるんじゃない!? ちょっと涼もう!?」

膝に乗ったまま抱っこされて、バスタブのふちに座るよう促された。

確かに身体が熱いけれど、これはのぼせているのではないことを、セシリアはよく分かっていた。

「大丈夫です。それより……」

「どうした?」

本当に心配そうな表情を浮かべていて、少し申し訳ないなと思いつつも照れながら欲望を口にする。

「あの、オスカーさんが、欲しいです……っ」

「……セシリア、嬉しい」

ただでさえ高まっていた身体を、じわじわと刺激されてきた快感が積み重なって、お腹の奥が大変なことになっている。蜜口がひくひく震えていて、今か今かと彼を待ち望んでいた。

「湯あたりすると良くないしこっちに来て。転ばないように気をつけてね」

「はいっ」

オスカーがバスタブから先に出れば、彼の手が差し出される。

その手に掴まってバスタブのふちから降りた。

「ごめん、もう我慢できない。俺がしっかり支えてるから、ここに手をついて」

言われるがままにセシリアが壁に手をつくと、腰を抱きしめられて突き上げる体勢になり、熱棒が秘所へと滑り込む。

（も、もしかして、ここで……!?）

予想外のことに頭が混乱しながらも、彼の熱棒は、蜜が溢れ出た蜜口へと辿り着き、そして蜜壺の中に少しずつ沈んでいく。

「あ、あぁっ」

待ち望んでいた熱棒が全て入ると、心身ともに満たされて、二人は吐息をついた。

オスカーから少し余裕を失ったような呻き声が聞こえたけれど、まだ拓いたばかりのセシリアの身体を気遣ってくれる。

「大丈夫？　痛くない？」

「ん、平気です……」

（むしろ、気持ちよすぎて、おかしくなりそう……っ）

彼の心配をよそに、中の硬くて熱いものを締めつけてしまう。

あの時は痛くて出血もしたけれど、もう大丈夫みたいだ。

「っ、動くよ」

「ひゃ、んぁ……っ！」

抽挿が始まって、あまりの気持ちよさに、既にいっぱいいっぱいだ。

前回と体勢が違うからか当たるところが違う。浅いところを刺激されたり、かと思えば最奥を突かれたり。どこを擦られても気持ちよくて嬌声が口から漏れていく。

ベッドではなくお風呂場で、こんな体勢で致すなんて妙な背徳感もあって、余計に身体が熱くなる。

「セシリア。こんなところで、興奮するね」

「……ふ、ぁっ」

オスカーも同じように思っている。そのことが余計にドキドキして、振り返って気持ちを分かち合いたくてキスをする。

すると彼のものが、もっと硬くなったような気がした。

それに気がついて嬉しくて、夢中で唇を重ねた。

「あ、あっ！　好き、っ大好き……っ、オスカーさん……っ！」

「俺も愛してる。もっと気持ちよくなって」

愛の言葉と共に、腰を押さえていた片方の手が秘所へと降っていく。

そして花芯を指で押さえられると、すぐにでも達してしまいそうな強い快楽に叫ぶ。

「～ああぁっっ」

瞼の裏がちかちか白く光って、一気に高みへ昇り詰めていく。

絞り上げるように中が蠢いて、そのたびオスカーが呻き声をあげた。

「っセシリア、ごめん。余裕ない」

壁へついた手を、彼の手が押さえて絶頂に向けて抽挿が激しくなる。ひと突きごとに、花芯と蜜壺から得る快感が、背中へまで駆け抜ける。

「ひゃ、んぅ……っっ！　あ、あ、あ、イッちゃう……っっ」

「っ、く……」

奥深くに熱液が噴出すると絶頂に達した。身体中に広がっていく甘くて鋭い快楽に溺れながら、腰を震わせる。乱れた呼吸を整えながらも、中の収縮は収まらない。

熱の灯ったままの二人は、今度はベッドにもつれこんで、甘く濃厚なひと時を過ごした。

◇◆◇

セシリアとオスカーの旅は順調に進んでいる。

生まれ育ったルビラ王国に近づくにつれ、大型の魔物によく遭遇していたものの、オスカーが一瞬で跡形もなく燃やしてくれていて、本当に心強い。さすがはＳＳランクの冒険者だ。

ルビラ王国の国境にある検問では、教皇猊下の書状を見せて優先的に入国が出来た。国教であるリュミエール教の頂点である教皇猊下は、王族と同等、もしくはそれ以上の地位だからだ。

といっても、魔物が増えている今、ルビラ王国に入国する人が少なかったのもあるのだけれど。

「とうとうルビラ王国に入りましたね」

「ああ。そろそろ食料も尽きてきたし、一番近い街の食堂にでも行こうか」

「いいですね」

すっかり馬での移動にも慣れたセシリアは、今日もオスカーに抱きしめられる形で乗っている。黒馬もすっかりセシリアに懐き、撫でてやると目を細め、鼻をすり寄せるほどだ。


国境から二時間ほど黒馬を走らせると、ついに街へ到着した。

以前にもこの街へ来たことがあるセシリアは、その変わり果てた姿に衝撃を受ける。

「建物が崩れてる……。もしかして魔物がこの街を襲ったというの……？」

黒馬から降りて辺りを見渡す。この街は交易が盛んで、商人や旅人、観光客で賑わっていたのだ。

少し離れると村もあって、民家も多く建ち並んでいた。

セシリアが、驚きのあまり言葉を失っていると、この街の老婆が現れた。

「旅の人かい？　今は魔物が増えて非常時でね、観光客どころか物資もなかなか来もしないよ」

「街の皆さんはご無事で……？」

「ああ。街には義兵団があるから何とかね。他の住民は地下に避難していたさ」

「そうですか……」

建物への被害が酷いけれど、人的被害はあまりなかったようで、少しホッとする。

物資も届いていないようだし、この街で食事をいただくのは難しいだろう。次の街へ行こうと、セシリアはオスカーに目配せをした。しかしその時、老婆がまた話し始める。

「だからさ、今は食堂がやってなくてね。あそこの宿屋だったら食料も摂れるからそこに泊まるといい」

老婆が指を差した先には、崩れていない建物が一軒あった。

「え……？　私たちが食べてもいい分の食料なんてあるのですか……？」

「畑は荒らされてないし、ちょうど今年は野菜が豊作だったから気にするんじゃない。それに元々森の動物を狩って食べているから飢え知らずだよ」

「そうですか、ご親切にどうもマダム。それでは失礼」

オスカーは突然話を切り上げて、セシリアの手を握った。

自然と恋人繋ぎになって、セシリアの胸の鼓動は速くなった。しかしぼんやりしている場合じゃないと考え直す。手を引いてくれて歩くオスカーに、小声で話しかけた。

「オスカーさん、どうなさったのですか……？」

「俺たちを、誰かが見張っている気配がする。うーん、五人くらいかな。恐らく今のマダムはただの親切な人じゃない」

「えっ」

「治安は壊滅してるんだろうな。俺たちを奴隷にしたいのか、はたまた……。とりあえず黒馬の元に戻ろう。盗まれるかもしれない」

「そ、そんな……！」

急いで黒馬の元へ戻る。すると案の定、黒馬を繋いでいた場所には、数人の男が群がっていた。

それを見たオスカーが、深く被（かぶ）っていたローブのフードと眼鏡を素早く外した。

そして大きく声を出す。

「俺を見ろ！」

黒馬に群がる男たちが、オスカーを見た瞬間、彼らの瞳の色が一気に見慣れたハチミツ色へと変化する。オスカーはため息をついた後、彼らに問いかけた。

「お前たちは今何をしていた？」

魅了にかかった人たちは、オスカーの質問に素直に次々と答えていく。

「旅人を奴隷商人に売るため、逃げられないように馬を捕まえようとしていました」

「そうか。お前らはこの街の人間か？　何故、奴隷商人に売ろうとしている？」

「皆この街の人間だ。魔物に森の動物も食い殺され、畑も壊滅させられたから。食料の値段が釣り上がっている。食っていくにはとにかく金が必要なんだ」

「さっき街にいた老婆は飢えなんて知らないと言っていたが？」

「それは旅人をアジトに誘い込む罠さ」

セシリアは、この街の現状に目眩がした。自分が隣のブロンフラン王国で幸せに暮らしている間、母国の人たちはこんなにも苦しんでいたのだ。そう考えると、セシリアは恐ろしくて堪らなかった。

震える手をオスカーがぎゅっと握りしめてくれる。

（私が聖女としての仕事を全うしていなかったから、こんなことに……？）

フードに隠れたセシリアの顔色がどんどん青ざめていく。もっと上手く立ち回っていればよかっただなんて、今更後悔に苛まれる。

そんなセシリアを見て早く情報収集を終えようと、オスカーは再び彼らに問いかけ始めた。

「隣国に逃げようとは思わなかったのか？」

「いいや。隣国は聖女セシリアさまが亡くなった場所だ。そこから魔物が発生していると言われているから皆行かずにいる。もっとも通行証がないと入れないしな」

「無理矢理に聖女の座を奪われて、死ぬ間際に呪ったと言われているけどね。そんなことするようなお方じゃなかったよ。こんな辺鄙なところまで来て祈りを捧げてくれて、平民にもお優しかった。結界まで張ってくれて、しばらくは魔物も街に来なかったのにな」

「こんなに魔物が増えているというのに、新聖女はこの街へ来ない。もう俺たちは見捨てられたんだ」

　オスカーの魅了で次々と語る男たち。セシリアは、自分のことを覚えててくれて、信じてくれていて、涙が溢れ出そうだった。しかしここでも例の噂が流れていると知り疑問が残る。

「そっか、詳しい話をありがとう。このまま眠って。起きた時には今の出来事は忘れるように」

　再びオスカーが魅了スキルで命令すると、男たちは催眠術にかけられたように、すぐに地面に横になって眠り、いびきまで聞こえてくる。セシリアは思わず、黒馬に乗ろうとするオスカーを引き止めた。

「セシリア、どうした？」

「あの、この街に結界を張ってからの出発でもいいですか……？」

「……うん、分かった。でもその代わり——」

「その代わり……？」

　どこかご機嫌が斜めなオスカーは、セシリアの唇に、親指で触れる。

「終わったら、セシリアからキスしてくれる？」

「ええ!?」

「してくれるなら、結界張ってもいいよ」

オスカーが小さく呟いた言葉に驚いてしまった。だってセシリアからのキスは、行為中に勢いでしかしたことがないから。果たして平常時にできるのだろうか。

けれど、答えは一つだ。

「ど、どっちも、がんばります……っっ！」


こっそりこの街に結界を張ったセシリアは、再び森の中にいた。

周りに人の気配がない木陰で、オスカーと向かい合っている。

木の幹に寄りかかった彼が目を閉じると、長い睫毛（まつげ）が綺麗に見えて直視できない。

綺麗なお顔の前で、もだもだ狼狽（うろた）えていると、オスカーが甘やかな声で呟く。

「セシリア？　キスはまだ？」

「……う、うぅっ。オスカーさんが、綺麗すぎて……。っ直視できないです」

「キス以上のことだってしてるのに……？」

ただでさえ顔が熱くなっているのに、オスカーはもっと恥ずかしいことを言って煽（あお）る。

これ以上煽られたら堪らないと、セシリアは勇気を出して、オスカーの肩を掴む。そして、ちゅっと触れるだけのキスをした。オスカーはくすくすと笑い、抱き寄せられる。

潤んだ瞳でオスカーを見上げると、ご機嫌になったようで、セシリアの頭を繰り返し撫でた。

「セシリア、ちゃんとできたね」

「はい……っ」

オスカーに褒められると、セシリアは嬉しくて堪らない。甘えるように、胸に頬を擦り寄せると、多幸感でいっぱいになった。

◇◆◇

それから数日かけて、ルビラ王国の王都へと近づいてきている。

ルビラ王国に入ってすぐの街での出来事を踏まえ、街を避けて、ひたすら駆けていく。

黒馬をずっと走らせてしまっているので、道中黒馬に認識阻害魔法をかけて自由に休憩をしてもらった。その間に川の魚をオスカーが獲って、非常食のナッツと食べてお腹を満たす日々。

王都に近づくと共にどんよりとした瘴気の気配が強まる。

今は昼間だというのに、空が薄暗く曇っていた。

そのまま王都の方角へと突き進んでいくと、ようやく王都の景色が見えてくる。

ブロンフラン王国と建築様式が違うのが懐かしく思える。オスカーが黒馬を止めて降りるので、セシリアも続く。

「前もって保護魔法をかけておこうか。認識阻害魔法も」

「そうですね。お願いできますか？　ここからは何が起こるか分かりませんので」

今まで暮らしていた王都には、セシリアの顔が知れ渡っている。式典に出たり、奉仕活動を行ったり、人目に触れる機会が多かったからだ。

どんな悪意に晒されるか分からない。セシリアは、これから王都に入るのに、少し緊張していた。

「セシリア。このまま一緒に、どこか遠くへ行ってもいいんだよ」

魔法をかけた後、僅かに表情を曇らせているセシリアに気がつき、オスカーは優しく囁く。

しかしセシリアは小さく首を振った。

「オスカーさん、ありがとうございます。本当はそうしたいくらいですが……。それでも、行かねばなりません」

魔物が増え、築き上げてきた建物が壊され、人をも売って、食を得なければならない。

悲しみの連鎖を止めなければ。この使命を全う出来るかは、まだ分からないけれど。

「気を遣わせてしまってごめんなさい。でも、もう大丈夫です」

「俺の前では無理をしなくてもいいんだからね」

そう心配の言葉をくれるオスカーは、本当に優しくて温かい。

自然とセシリアは、ふんわりした笑顔を浮かべた。

「それじゃ、左手貸して」

「は、はい」

彼に言われるがまま、左手を差し出す。

するとセシリアの薬指に、シンプルなプラチナリングがはめられた。

「わあ……！　こ、これは……？」

セシリアは、不思議そうに左手の薬指を見る。シンプルながらもそれ自体がキラキラと輝いていて、きっと上質な指輪だ。

「本当はもっとちゃんとしたものを買ってあげたかったんだけど……。時間がなくて自分で作ったんだ。王都入りするなら元婚約者に会うかもしれないし、虫除けとして外さないでいて」

「オスカーさんが……！」

天幕に細かな魔法をかけていたり、器用な人だとは思っていたけれど。まさか自分のために指輪まで作ってくれるだなんて……。

（どうしよう……。すごく嬉しい……っ）

――リュミエール教の神話で有名なエピソードがある。

主神である太陽神ソレイユと月神リュンヌが結ばれた後のこと。太陽神ソレイユが、愛の印として、月神リュンヌの左手の薬指に指輪を贈ったと伝えられている。

そのためリュミエール教を信仰する国では、婚約者や妻に指輪を贈るのが一般的だ。

オスカーは熱心な信徒ではないが、セシリアに合わせて贈ってくれたのだろうか。

「セシリア、泣かないで」

あまりの嬉しさに瞳が潤んで、大粒の涙がどんどん零れ落ちる。大好きな人に愛されるって、こんなにも幸せなのに、同時に怖くなってしまう。

セシリアにはもうオスカーがいなくなったら、生きていける気がしない。こんなに甘やかされて、大切にしてもらえて、一緒に隣国にまで来てくれた。

「ありがとうございます……！　嬉しすぎて、私……っ!!」

オスカーのハチミツ色の瞳は、愛おしげにセシリアを見つめる。

親指で涙を優しく拭われると、瞼へキスが落ちてくる。

「これが終わったらさ、もっとセシリアへの愛が詰まった指輪をあげるから。正式に婚約者になってくれる？」

「――……っ!!」

セシリアは嬉しさのあまり、オスカーに思い切り抱きついた。

「もちろんです。ずっとずっと愛しています」

分厚い胸板に顔を埋めると、大好きな香りが胸いっぱいに広がって幸せ。

「何だかオスカーさんにはもらってばっかりです……。私も何かして差し上げたい……っ！」

「充分すぎるくらい、いつもたくさんもらっているよ。それにセシリアの隣にいられることが、一番のご褒美だ」

そう言って頭にキスされると、何だか負けたような気がしてちょっと悔しい。

だって、彼の一言一言に、ときめいてしまうから。

「じゃあ、行こうか。セシリア、準備は良い？」

「はい！　頑張ります！」

涙が止まったセシリアは空を見上げた。相変わらず曇っているけれど、セシリアの気持ちは晴れ渡ってきた。少しでもオスカーに相応しい人であるために、まずは使命を果たそう。

改めて強く決意した後、王都に入るため旅の汚れを洗浄魔法で落とした。

王都、大聖堂前。

セシリアは大きく深呼吸し、親指にはめた指輪を外す。すると瞬く間に、ブラウンから白銀の髪へ、緑色からラベンダー色の美しい瞳へ、変貌してゆく。

オスカーと目と目で合図を取り、セシリアは思い切り大きな扉を開けた。

大聖堂の中へ一歩、また一歩と進んでいく。その足取りは堂々としていて優雅だ。

たくさんの神官がいる中、セシリアはローブのフードを取って、よく通る声で言葉を紡いだ。

「元聖女のセシリアです。追放された身ですが、教皇猊下とブロンフラン王国の要請により戻って参りました」

呆気に取られている神官たちへ向け、セシリアは片足を後ろに引き、美しいカーテシーをした。

頭を上げると真剣な眼差しで用件を伝える。

「恐れ入りますが、これ以上の魔物の大量発生を防ぐために、聖女の神器をお貸しいただけないでしょうか」

国境に近い街もそうだったけれど、王都に入ってからもその変わり果てた姿に驚いた。

まだ昼前だというのに、お店はほとんど閉まっていて、建物もガラスが割れたり、一部倒壊していたりした。あんなにも賑わっていた王都がセシリアの離れていた数ヶ月の間で変わってしまった。

だからこそ自分が何とかして状況を元に戻さなきゃ。この広い大聖堂が沈黙に包まれて怖いけれど、隣にオスカーがいるだけで勇気が湧いてくる。きっと大丈夫、そう思った時、予想外の声があがった。

「せ、セシリアさまだ！　セシリアさまがお帰りになられたぞ！」

「生きていらっしゃった！　なんという奇跡だ！」

「おお、神々よ。聖女さまが戻られたこと、深く感謝いたします」

沈黙が破られたと思えば、神官たちの歓声があがり、セシリアはポカンとした。

だって国外追放された身で、こんなにも歓迎されると思っていなかったから。

隣のオスカーは、綺麗な顔を歪めて「手のひら返しやがって」と小声で言っている。自分のために怒ってくれることが不謹慎だけれど嬉しい。

するとすぐに神官たちに連れられてきた、パウロ大司教の側近である司教が現れた。

「セシリアさま。此度はあの痛ましい状況下で、誰一人としてお救いできる者がいなかったこと、誠に申し訳ございませんでした」

そう言って司教は、膝を地面につけ頭を垂れる。

これはリュミエール教の最敬礼だ。主に神々への礼式に使われるが、深い謝罪や感謝の意味もある。最もその相手は王族やそれに近い地位の人にしか行われない。

人によっては屈辱と感じるほどまでの丁寧な最敬礼がセシリアに行われている。当然、辺りは騒めいた。だがそれに倣って、他の大司教派の神官たちも一斉に最敬礼を行い始めた。

皆が頭を垂れる光景を眺めて、セシリアは小さく息を吐いた。

「もう、良いのです。頭をお上げください」

セシリアは司教や神官たちの目をしっかりと見て、ゆっくりと告げる。

あの婚約破棄と国外追放がなかったら、隣にいるオスカーと出会えなかった。確かにあの時は現状に絶望したけれど、結果的に運命の人に巡り会えたのだから、強く非難できない。

「それよりも今後どうしていくのかを見せてください。同じ過ちを繰り返さぬためにも、まずは目の前の課題を解決いたしましょう。力を貸してくださいますか？」

大きな歓声に、誰かの泣き声や、呻き声。

多くの神官たちが、協力してくれるようで、セシリアは安心して胸を撫で下ろした。


司教に案内されて向かったのは、一番豪華な応接室だった。ふわふわのソファにセシリアが座ると、オスカーもその隣に腰掛ける。

そして立ったまま喋り出そうとしている司教とお付きの神官も、向かいのソファに座るよう促した。

「恐れ入ります。セシリアさま、改めてあの場でお救いできなかったこと深く謝罪いたします。そして我々を見捨てずに戻ってきていただいたこと、誠に感謝いたします」

何故かオスカーがご機嫌斜めで、持て余した長い足を組み直した。

それを横目で眺めつつもセシリアは曖昧に笑みを浮かべる。

「それで？　聖女の神器はどこにある」

フードを被ったままのオスカーは不機嫌そうな声を出した。体格が大きくてしっかりしている男が、腕をも組んでいるものだから、司教たちの顔はこわばる。

「セシリアさま……。失礼ですが、お隣の方は……？」

セシリアが説明しようと口を開いた途端、彼がフードを脱ぎながら喋り始めた。

「ブロンフラン王国の使者であり、ブラックストン公爵家の次男だ。そして今世随一の聖女の力を持つセシリアの婚約者でもある」

「……っ!?」

（今、オスカーさんご自分のことを公爵家の次男って言った!?）

慌てて彼のほうを向くと、目がパッチリ合って愛おしげに微笑まれて、セシリアの腰を抱き寄せた。そして懐から王家の紋章を取り出して、司教らに見せる。

「俺の身分は、これで証明されるだろう。我が妻となるセシリアに無礼を働いたら、国際問題となり、教皇猊下へ除名処分を申し出ることになる。心得るように」

「……承知いたしました」

司教は若干引きながらも頷いて、先ほどのオスカーの質問に答え始めた。

「それで聖女の神器についてですが、今現在この大聖堂に保管されていないのです」

「えっ？　それでは、新しい聖女のレーナさまがお持ちで……？」

世代交代した聖女レーナがきちんと儀式をしているなら、何故魔物が増えているのかと疑問に思う。

しかし司教は、重々しく首を横に振った。

「いいえ。レーナ侯爵令嬢の元ではなく、王城にございます」

「お、王城に……？」

「大変、申し上げにくいのですが……、その、ヨハンネス王太子殿下がお持ちです」

「えっ？」

急に元婚約者の名前が出てきて、驚きを隠せない。

だって神器は、聖女ではない人が持っていても力を発揮しないものだから。

「あの、我々が王城まで取りに行きます」

「いいえ。お気になさらずに。あ、ですが、ブロンフラン王国の使者が参ったと、早馬を出していただけたら助かります」

「もちろんです」

司教がお付きの神官に目配せすると、すぐに応接室を出て行った。

セシリアの腰を抱き寄せるオスカーの手がより強まる。彼に心配をかけてしまっていることに、申し訳なく思った。

早馬を出してもらった後、教会から馬車までも貸し出してくださることになった。ありがたく借りることにして、準備が出来るまで二人きりで待っている。

セシリアは、彼の肩を軽く叩く。気になっていたことがあるのだ。

口元に手を添えて、オスカーの耳元にこしょこしょ話で質問した。

「オスカーさん。私はオスカーさんが何者であっても大好きですが、貴族である上に侯爵家の令息って本当ですか……!?」

「うん、そうだよ。自分の力で手にしていないものをひけらかすのは気が進まなかったけどね。でもそれがセシリアを守る一手になるなら、俺はいくらでもやるよ」

そんな答えが返ってきて、セシリアは一気に顔が熱くなる。

その後、馬車の準備が出来たと知らせが来て、二人は一緒に立ち上がった。

「さあ、行こうか」

「はい」

目指すは王城。

ヨハンネス王太子殿下の元だ。

◇◇

大聖堂から馬車で移動している最中、変わり果てた王都の街の景色を改めて眺める。
何度見ても、お店が閉まっているからか、人もまばらだ。
「……残念だけど、情報によると王都にも二度ほど魔物が入り込んでるみたいだよ。物流も上手く回っていないし、かなり非常事態のようなんだ」

「そ、そんな……」

建物が一部倒壊しているところもあったから、まさかとは思ったけれど。実際に魔物が入り込んでいると聞いて、ルビラ王国の今の状況にセシリアは罪悪感で表情を曇らせる。

「念のために言っておくけど、これはセシリアのせいじゃないからね。主にこれから会う王太子の責任だ」

そう言って、俯くセシリアの白銀の髪の毛を一房すくって口づけた。オスカーはいつだって、セシリアを甘やかす天才だ。

だが、いくら励ましてくれても、こんな悲惨な状態になった責任は自分にもあると考える。

聖女として儀式をする立場だったし、王太子妃教育も受けていて、民を守る立場の人間だったから。

だからこうして、被害に遭った街の景色を目に焼きつけていく。

あの国外追放を言い渡された時はどうすることも出来なかったけれど、今はオスカーという心強い味方がいる。ライラやアンという友人もいる。隣国に渡って心に柱が出来て強くなったと思う。

——これからは、何があっても立ち向かっていける。

隣に座る彼の手をぎゅっと握って、一刻も早くこのルビラ王国に平穏が訪れるように、全力を尽くすと心の中で神々に誓った。

馬車がどんどん進んでいくと、よく見慣れた王城の敷地内に入った。

震えそうなほどになるがきっと大丈夫。何故なら隣に大好きな人がいるから。

先触れは伝わっていたようで、丁寧な対応をする使用人に案内される。

通常王太子と会うには、どんなに早くても申請から数日はかかる。何故なら公務が詰まっているからだ。しかしこんなにも早くお会いできるのは、非常時だからか、はたまた運が良かったからか……。

ヨハンネス王太子殿下の執務室に近づいてくると、しゃん、しゃん、と懐かしい鈴の音が聞こえてきた。

「神器の鈴の音……」

ポツリとセシリアが呟くと、表情を動かさないはずの使用人が苦笑いをした。

「こちらでございます」

使用人が深々とお辞儀をする。オスカーが大きな扉を乱雑にノックし返事も聞かぬまま開けた。

すると目に入ってきたのは、聖女の格好をして、神器を持ち、舞を踊っている男性……。

「よ、ヨハンネス殿下……？」

セシリアは普段、他人の服装や行っていることに口を出したりなどしない。

しかし、この時ばかりは、どうしても聞いてしまった。

「な、何を行っているのですか……？」

呆然としたセシリアと、舞を踊るヨハンネス王太子殿下の視線がぶつかる。

「――もしや、セシリア、なのか……？」

ヨハンネス王太子殿下がセシリアを凝視する。

しかし次の瞬間、宝物を隠すようにオスカーがセシリアの前に立って、視界は途端に、頼もしい背中でいっぱいになる。

「我が妻となるセシリアを、そんなにも見ないでほしい」

「なんだと……？　本当にセシリア？　まさか生きていたというのか？」

「誰かのせいで魔物の住処の森に捨てられ襲われていた。生きているのは奇跡だ」

「そ、そうか。生きていたのか……」

ふら、ふらと、ヨハンネス王太子殿下が、よろめきながら椅子に座り込む。

距離が離れるとようやくヨハンネス王太子殿下が、セシリアの目にも再び映るようになった。

「先代の聖女をブロンフラン王国に不法入国させた挙句、許可なく放ったこと。我らが王族の皆さまが大変お嘆きになっている」

「お前がブロンフラン王国からの使者か……？」

「ああ、これは失礼。私はオスカー・デューク・ブラックストン。ブロンフラン王国、ギルバード王太子殿下の使者として参った」

オスカーは懐から、ブロンフラン王家の紋章と、教皇猊下の書状を取り出して掲げた。

「我が王国では魔物が増加しており、調査の結果ルビラ王国から押し寄せていることが分かった。教皇猊下にどのようにすれば魔物の大量発生を止められるか伺うと、聖女の力が必要との仰せであった。そこで名前が挙がったのが、今世随一の聖女であるセシリアだ」

「セシリアが、今世随一の聖女……？」

「ああ、もちろんだ。あんなにもルビラ王国に尽くしてきたにもかかわらず、貴殿は偽聖女などと罵ったそうだな？　自らの婚約者であった女性をそのように人前で詰るなど、一切許容できないな」

ヨハンネス王太子殿下は、顔を伏せて押し黙る。それに対しオスカーは、言葉を止めなかった。

「それなのにセシリアは、酷い目にあったルビラ王国に戻って魔物の大量発生を止めると言ってくれた。そして聖女の神器をわざわざここまで取りに来たのだが、王太子殿下ともあろうお方が何をやってるんだ？」

俯いたヨハンネス王太子殿下は、そのままボソボソと下を向いて語り始めた。

「……今代の聖女レーナが、力量不足で引き籠ってしまったから、代わりに舞おうとしたんだ。見よう見まねでやっても、全然上手く出来なかったが……」

舞は魔力を纏いながら、指先や足先までも意識する必要がある。体幹も使うし覚えるまでセシリアも苦労した。なので上手くいかなくて当然だろう。

ましてやヨハンネス王太子殿下は、聖女ではないのだから神器は機能しない。

「セシリア、すまなかった。改めて調べてみて君の努力に愕然とした。本当に休みなくあちこち巡礼していて、王太子妃教育も手を抜かずやってくれていた。レーナを虐める暇もないほどに。ちっとも君に向き合えていなかった。……私は罪を償うため、王太子の地位も弟に譲ろうと思っている。君が死ねと言うなら、いつでも死ぬ覚悟は出来ている。どうかこの私を断罪してくれないか」

正直どんなに謝られても、あの絶望感は拭えずにいるのは変わらない。今でも時々悪夢を見るくらいだ。死んでほしいとまでは思わないけれど、簡単に許せるはずがない。

大きく息を吸って吐く。オスカーの心配そうな眼差しに勇気をもらった。

（きっと、大丈夫だ。今のヨハンネス王太子殿下ならば、耳を傾けてくれる）

そう考えた後、手のひらを強く握って、セシリアは言葉を発した。

「ヨハンネス王太子殿下。私は断罪する立場にありません。これから言うことは、個人の意見として捉えて聞いてもらえますか？」

本来断罪は多くの人間が関わり裁判して行われるもの。ここでセシリア個人が裁きを下せば、ヨハンネス王太子殿下が行ったことと同じように偏ったものになってしまう。それは避けたかった。

「ああ、もちろんだとも」

ヨハンネス王太子殿下が頷いたのを確認して、言葉を続ける。

「まず第一に、私は貴方の死を望んではおりません。……あの場で私が申したことを聞いてくださいませんでしたね。私も貴方に寄り添うことが出来ずにおりましたから、原因の一端はこちらにもあります。しかしそれでも到底貴方を許せることは出来ません。今後は何事も両方の意見を平等に聞き取り、真偽を見極められる立派な王族となってください。貴方の一言で簡単に人が死ぬのです。二度と同じことを繰り返さぬよう生きて足掻いて、ルビラ王国を建て直してください」

「――……っ」

「……私個人の願いは、以上です」

「セシリア、それではぬるすぎる。私は君を冤罪で殺そうとしたのだぞッ!?」

「そうですね、確かに聖女だった私は死にました。けど、それがきっかけで愛する人と出逢えましたから、強く非難することは出来ません」

こんなにも言いたいことを本人に直接伝える機会は初めてだ。セシリアの心臓は相変わらず不快な速度で鼓動している。けれど思いのほか、今までの苦しみから解き放たれた気がした。

「だがしかし、それでは気が済まない……」

「あ。それでしたら、魔物の大量発生を抑えることが出来た暁には、きちんと報酬を払ってくださいますか？　私はもうルビラ王国の聖女ではないのですから」

あの時、身一つで捨てられたのだ。だからその分、報酬を望んだっていいはず。

「分かった。約束しよう」

「ありがとうございます」

緊迫した鼓動が、少しずつ元に戻ってきた。

ルビラ王国にわざわざ来た甲斐があった。心の傷が僅かに癒えた気がする。

そう考えたところでセシリアは、本来の目的を切り出す。

「それでは、聖女の神器をお貸しくださいませ」

「あ、ああ」

しゃらんと綺麗な鈴の音を鳴らしながら渡される。

ああ、握り心地がいい。手に馴染む。やっと長年の相棒と再会できた。

聖女の神器を手にして安心していると、ヨハンネス王太子殿下が、恐るおそる喋り始めた。

「私も何か出来ることがあればと思うのだが、どこで儀式を行うんだ？」

「王都の外れのハルティア聖域の湖です。毎月お祈りしていた……」

「あそこか。申し訳ないがあそこは、既に聖域ではなくなっていて、儀式も出来ずにいる」

「え？　どういうことですか」

（ハルティア聖域が、聖域じゃなくなるって一体……？）

やはり今の聖女がきちんと儀式を行っていなかったのか。もしそうなら、この事態にも頷ける。

「あの近くに聖堂があっただろう。少し前の儀式の最中、魔物が侵入してきた。聖域のはずだったのだが……」

「……っ!?」

聖域だった場所に魔物が入るだなんて、神々がお怒りになって見放しているとしか考えられない。

思ったよりもひどい状況で目眩がしてくる。

「こんなことになったのも全部私の責任だ。ついては、魔物討伐隊を派遣したいと思っているが……」

「ハルティア聖域の湖は、聖女しか入れない神聖な場所です。儀式の時も限られた人数で行っていたほど、尊い場所なのです。ご提案はありがたいのですが……」

あの湖を荒らしてしまったら、それこそ神々がお怒りになると、頭をよぎった。

「それでは、湖の近くに明日少人数の連絡係を派遣しよう」

「はい、ありがとうございます。それではオスカーさん、行きましょうか」

「うん、行こう」

彼が大きな手を差し出すと、迷わずセシリアはその手に重ねる。オスカーと手を繋ぐと力がみなぎってくるようだ。

――次に目指すは、王都の外れのハルティア聖域の湖だ。

すっかり日が暮れているが、曇り空で月が隠れている。

王都を出て、笛を鳴らして黒馬を呼ぶ。もう夜だというのに、すぐさま黒馬が現れてくれた。

二人に再会できて嬉しそうな黒馬の鼻を、セシリアは思い切り撫でた。

「ごめんね、一人にして。寂しかったよね？」

黒馬は、甘えたように頬擦りをしてくれる。

セシリアは、いくら認識阻害魔法や保護魔法をかけていても、黒馬のことが心配だった。

「ここから少し移動して、また野営しようか」

「そうですね。休んでからハルティア聖域の湖へ向かいましょう」


すっかり慣れた二人の野営は、手際よく準備がなされた。

王都で手に入れた、串焼きを焚き火で温め直し、柔らかい丸パンと食べる。今日は、デザートにフルーツまであるのだから贅沢だ。食事を始めると彼が、セシリアの様子を窺いながら話し始めた。

「セシリア良かったのか？　あんな生ぬるい感じで終わらせて」

「……生ぬるかったですか？　彼にはこの国を建て直す責任があり、それを投げ出そうとしているところに、活を入れてしまったと思ったのですが……」

ヨハンネス王太子殿下には、この国を建て直すという一番大変そうなことを願ったつもりだった。

もちろんあれだけ損害を出したのだから、責任を取って王太子の資格は剥奪される可能性は高いと思う。だからこそ反省して、これからは正しい判断が出来るように死ぬ気で足掻いてほしい一心だった。

（――それがどんなに苦しかったとしても……）

彼を眺めると、怒りで震えている様子だった。

「お、オスカーさん……!?」

ハラハラしながら言葉を待つと、拳を強く握りしめながら言葉を紡いだ。

「俺なら死なない程度に、五発くらいは本気で殴ってそのあと……」

「えっ!?　こ、怖いので、それ以上は言わないでください!!」

予想以上の暴力的な言葉に、セシリアは驚いてしまう。

こんなにも優しいオスカーが、ここまで怒ることがあるなんて新しい発見だ。

彼は口を尖らせて、拗ねたように、ポツポツと語り出した。

「……怖がらせて、ごめん。でもさ、そのくらい、腹が立ってて。しかも思ったよりもまともそうな奴だったから、なんでこんなことやったの!?　って余計に腹立った」

「ふふっ。怒ってくださって、ありがとうございます」

セシリアは自分のために怒ってくれたことが嬉しくて、幸せのあまりつい笑みを浮かべてしまった。

改めて大切にされていることを実感し、胸の奥があったくなる。

だからこそ、信頼しているオスカーには、本音を漏らしてしまうのだ。

「そうですね。確かに真面目な方でした。だからこそ正義感で私を裁いたのでしょう。善意は方向を間違えると、恐ろしい事態を招きますから」

何事も疑いの目で見なければならない立場であったのに。

ヨハンネス王太子殿下は、片方の意見が正しいと信じきってしまった。

人のためと思ったことが、かえって思わぬ事態を招くこともある。

その選択肢をきちんと見極めねばならなかったのだ。

自分も気をつけなくてはと、思い耽っていると、オスカーが真剣な眼差しでこちらを見つめていた。

「セシリア、俺は絶対に離さないから。この指輪に誓って」

左手を持ち上げられると、薬指にキスを落とされた。

焚き火で煤もついているのに、まるで綺麗で神聖な物のように触れてくる。それが申し訳ない気持ちにもなるけれど、堪らなく嬉しいのだから困ってしまう。

「私、オスカーさんがいないと、もう駄目な人間になってしまいました」

「な、なにそれ!? 可愛すぎるんだけど!?」

オスカーは珍しく頬を染めて、口元を大きな手で隠した。セシリアが覗き込んで、くすりと笑うと、甘えたような声が出る。

「だから、これからも何があっても、私の元へ帰ってきてくださいますか?」

「もちろん。約束だ」

次の日の朝。相変わらず曇り空の中、天幕を撤収して、ハルティア聖域の湖へと向かう。

黒馬を数時間走らせると、森の中の断罪された聖堂の前を通り過ぎた。

「なんてこと……」

「こりゃ酷いな」

以前この場所は聖域で澄み切った空気感だったのに、今や魔物の瘴気でおどろおどろしい。聖堂の綺麗なステンドグラスも割れて、まるで廃墟に成り果てていた。

そこから少しすると幻想的な湖が見えてくる、はずだった……。

「っ!?　うそ、でしょう……」

「……魔物が湧いてる？」

聖域ではなくなった湖が、黒く淀んでいる。美しかった水が、沼のようにどろどろとしていて、生まれたての魔物が次々に出ていく。その様子をひときわ大きいトカゲのような鋭い目つきをした魔物、ワイバーンがまるで門番のように湖だった黒い沼を護っている。

「もしかして、ここが聖域だった理由は……」

「魔物が湧く発生源だったのか」

きっと魔物の発生を抑えるべく、封印も兼ねて湖を聖域としていたのだろう。

それも、月に一度の頻度で儀式を行う慣習になっていた。冷たい湖に丸一日浸かって、神々に魔物や天災による被害から守ってほしいと祈っていたのも、理由があったのだと気づいた。

「本当にあの湖に丸一日も浸かるのか？」

「はい。やらねばなりません。だけど、さすがにこのままじゃ近づけないですね」

「うーん。もちろん全て倒せるけど、どんどん魔物が湧いてきてキリがなさそうだよな」

オスカーと話している間にも、また一体、魔物が生まれてくる。

この淀みを何とかしないと、どんどんこの世の中に魔物が増えていく。

「……この湖を一度浄化して、新たに聖域を作るしかないかもしれません」

「そんなことが出来るのか……？」

「……分かりません。でもやってみますっ！」

あの教皇猊下が、私にしか出来ないと言った。

だからきっとやり遂げてみせる。セシリアの瞳が、強い眼差しに変わった。

（——守りたい。このルビラ王国も、そしてブロンフラン王国も……）

魔物によって、被害に遭った人たちを救いたい。皆に明るい未来があることを示したい。

きっとそれが、セシリアにとっての使命だと思うから。

「了解。だがその前に、手強（てごわ）そうなワイバーンから何とかしなくちゃな。俺に任せて」

「ふふ、心強いです」

思いっきり飛び跳ねたセシリアが、オスカーの肩へと大胆に抱きつく。そして自然と唇が重なると、不思議なほどに力が湧いてくる。

彼も不敵に笑って音も立てずに疾風の如く駆け始めた。腰に下げた剣を目にも留まらぬ速さで抜き、魔物の発生地を護るワイバーンの背後にまわりこむ。

力強い脚のバネで地面を蹴り、漆黒の髪をなびかせながら宙に浮く。両手で持った剣の刃に炎を纏わせると素早く間合いに入り、ようやっとワイバーンの鋭い目が異常に気づいて彼を瞳に映す。

しかしワイバーンの動きは遅い。

オスカーが逞しい両腕を力強く振りかざすと、その剣筋が鋭い風の刃になって、ワイバーンの硬い皮膚を切り裂き、鼓膜を勢いよく突き破るような、大きな断末魔の叫び声をあげた。

ワイバーンの身体が真っ二つに割れた瞬間、周りの木々が枝葉を勢いよく轟々と鳴らし、彼の攻撃の威力を示す。少し離れた位置でも、剣に纏った炎の熱気が空気に伝わってくる。

――そしてワイバーンは絶命して、魔石を落として消えた。

何かが焼ける匂いが鼻を突くが、木々は一切燃えてはいない。オスカーの圧倒的強者のオーラに、周りの魔物たちが恐れ慄く。

(本当にオスカーさんは強くて格好良い……！)

ルビラ王国までの道中に現れた魔物を倒す時オスカーは一切剣を抜かなかった。しかしワイバーンに対しては剣を抜いたからきっと強敵だったのだろう。それでも一瞬で倒したのだから、彼は無敵だ。

セシリアは息を思い切り吸って自らを奮い立たせてから、オスカーに声をかける。

「それでは、始めましょうか」

一歩進むごとに、聖女の神器が揺れて、しゃらん、しゃらんと、綺麗な鈴の音を奏でた。

黒く淀んだ沼に成り果てた湖は、未だに、ぐつぐつと不気味な音を響かせている。

かつて綺麗だったハルティア聖域の湖へ、セシリアは一歩、また一歩と近づいてゆく。

すぐ近くにはオスカーが見守ってくれている。それがどれだけ心強いか。

(……きっと大丈夫。私になら、出来るはず)

「セシリア。他の魔物も全部燃やそうか？」

「はい。よろしくお願いします」

セシリアが頷くと、辺りにいた生まれたての魔物が、すぐさま燃えカスも残さずに消えていった。

音も立てずに、大量の魔物を消せるだなんて本当に異次元級の強さだ。ここまで強くなるには、一体どれだけの努力をしてきたのだろう。自分も頑張らねばと力が湧いてくる。

――セシリアは、瞼を閉じると、静かに魔法を唱えた。

「聖なる水の精霊よ、穢れしこの土地を浄化したまえ」

聖女の神器を地面に叩きつければ、しゃん、と鈴の音が鳴る。その綺麗な音が周りに反響した瞬間、叩きつけた地面から、波紋が広がるように、黒く淀んだ湖が、どんどん元通りになっていく。

もう一度、セシリアが聖女の神器をしゃらんと、地面に叩きつける。次の波紋は、森をも、緑豊かに変えていく。そして曇り空だった天さえも、セシリアを中心に雲が開き、陽の光が入ってくる。

穏やかな風が吹き抜け、瞼を開けると、以前の馴染み深い光景に戻っていた。

空気が澄み渡っている。先ほどまでいた魔物は、もうどこにもいない。

そこには綺麗な森と、大きな湖だけが広がっている。

すると、どこからか戻ってきた小鳥が、ちゅんちゅんと、感謝を表すようにセシリアの肩に止まった。

「セシリア、お疲れさま」

「ありがとうございます。でも儀式はここからですよ」

セシリアは、柔らかく笑った。陽の光が、白銀の髪の毛に反射して輝く。

まるで森の妖精のようだと、オスカーは眩しそうにセシリアを眺めた。

「今から丸一日、湖で儀式を行います。オスカーさんはゆっくりしていてくださいね」

「ああ。セシリアを見ているよ」

「ふふっ。飽きちゃいますよ。天幕を張ってしっかり寝てください」

「いいや、見守ってる」

オスカーは、セシリアが存在しているか確かめるように、抱きしめた。

どこか不安げな様子に気がつき、彼の背中に腕をまわす。

「それでは、行ってまいります」

セシリアは靴を脱ぎ、ローブを脱ぎ、ワンピースのまま湖に浸かっていく。

そして聖女の神器を持って、湖の中で舞を始めた。

しゃん、しゃらん、しゃん……。

湖の中で、飛び跳ねて回ると、水沫が弧を描いて散る。

聖女の神器を掲げ、鈴の音が鳴るたびに、セシリアの銀色の魔力が辺りに張り巡らされる。

キラキラと光るセシリアの銀色の魔力は、聖域を新たに構築していく。

その神秘的な光景に、オスカーは呼吸をするのを忘れるほど魅入った。

ぴんと張り詰める神聖な空気感を肌で感じる。セシリアは聖女として圧倒的な力を放っていた。

舞が終わると、聖女の神器を両手で持ち、祈りを捧げ始める。


──どうかこれ以上、魔物が増えませんように……。

──天災が起きず、平和な世になりますように……。


セシリアは、懸命に祈った。

太陽が沈み、月が輝きだしても。時間を忘れるほどに。


一晩中祈り、朝陽が昇りしばらくしたあと、精神が研ぎ澄まされていく感覚がしてくる。

これはセシリアの中でこの儀式の終わる合図だ。

最後にまた、舞い踊る。しゃらん、と鈴の音が大きく鳴ると、儀式は幕を閉じた。

意識がはっきりしてくると、昼間の太陽の陽射しが眩しく感じた。

(お、終わった……)

湖から岸辺へ戻ろうと、景色や気配を感じながら歩みを進める。

魔物の大量発生なんて夢だったのではないかと思うほど、元通りになっている。

(よかった。私の力でも、なんとかなったわ)

だんだんと身体の力が抜けてくる。ワンピースが水を多く含んでいるので、水魔法で一気に乾かす。

「セシリア、本当にお疲れさま。見事だったよ」

「オスカーさん、ありがとうございます。きちんと眠れましたか？」

「ううん。ずっと見てた。セシリアのこと」

「ふふっ。もう、休んでくださいと言ったのに」

力なく笑うと、オスカーにふわっと抱きしめられた。水で冷えた身体に、彼の温(ぬく)もりが染み渡る。

(あたたかい。心も、身体も)

「……よかった。あのままどこかに行ってしまいそうで心配したんだ」

「どこにも行きません。ずっと一緒ですよ」

セシリアはあやすような柔らかい声で彼を包み込む。

一緒にいることが自然で居心地が良くて、何より幸せだ。

「あ、天幕を設営してくださっていたんですね」

「うん。セシリアが休むと思って」

「気を遣ってくださってありがとうございます。それでは手配してもらった連絡役の人に、無事完了したことを伝えてから、中で一緒に休みましょうか」

「そうだね」

どこにいるか分からないから、水魔法で花火みたいに水を打ち上げた。

この合図は、かつて聖女だった頃にも出していたから、きっと伝わるだろう。

こちらに来てくれるのを、湖畔で待つ。すると、人の気配がしてきた。

突然風が耳元でしゅんっと音を奏でた瞬間、ぱりんと何かが割れる音がする。

(えっ？)

次の瞬間、大司教から渡されたネックレスの守り石が、砕け散った。地面には矢が落ちている。

「っセシリア――!!!!」

オスカーの叫び声が聞こえたと思ったら、ドンッと押されてよろめく。

そしたらまた、しゅんっと風の音がすぐそばで聞こえてくる。

何が何だか分からず、自分がつい数秒前まで立っていた場所を見る。

悪夢のような光景を、セシリアは受け入れられず叫び声があがった。

「いやあぁぁあぁああぁあぁあぁ」

――そこには、矢に射られたオスカーが横たわっていた。

(どうして？　何が起こっているの？　……は、早く治してあげなきゃ……)

オスカーの元へ駆け寄ると、腹部に深く矢が刺さっていた。

「つぐ。だい、じょうぶか……？」

「オスカーさん!!　今、治しますから!!」

「セシ、リアが、無事なら、いい……」

「いやいや!! そんなこと言わないでっ」

これ以上の攻撃を防ぐため、セシリアは自分たちを覆うように、ドーム型の防御魔法(シールド)を発動した。

必死に魔力をオスカーの患部に込める。すると、矢が綺麗に抜けて傷も塞がっていく。

それなのに、彼の脂汗(あぶらあせ)は止まらず、顔や手足が蒼白(そうはく)になってくる。

今さっきまで幸せだったのに。この世で一番大切な人が、どうしてこんな目に。

「……どうして? っ何故治らないの!!」

(私が、油断していたせい……?)

必死に必死に、魔力を注いでもその全てが空(くう)を切るように、完全に回復し終わらない。

「いや、オスカーさん! だめ! 意識を失ったらだめ!」

だんだん遠のいてゆく意識を取り戻してほしくて必死に頬を叩く。けれど彼は、ひどい顔色のまま微笑むばかりでぼんやりしている。

涙が止まらず考えを巡らしていた時、こちらに大股で歩いてくる気配がした。敵かと緊張が走る。

防御魔法を施しているため、こちらに入ってこられないと分かっていても、セシリアは身を固くした。

そこに現れたのは、白を基調とした太陽と月のモチーフが入った祭服姿のひょろりと痩せほそった男性だった。一瞬味方かと思うもその正体は、司祭のアークラ侯爵だった。ルビラ王国の教会において国王派として派閥を率いている人物で、お世話になったパウロ大司教と敵対する人物。

そして現聖女レーナの父でもあるのだが、彼の手元を見て固まる。

——何故か祭服に似合わぬ弓を手に持ち、矢がはみ出た袋を背負っていたから。

「どうしてお前が生きている⁉　男に庇わせるなど小賢しい女め！　平民風情がこのアークラ侯爵家を陥れたな⁉　そこから出てこい！　今度こそ我が手で殺してやる」

アークラ侯爵はこちらに向かって腰に下げる小さなツボに矢じりを沈めて取り出す。矢の先端は、黒い何かが纏わりついており、弓に矢をつがえるとそれをこちらに向けた。

（やっぱり毒矢だったんだわ！）

こちらに矢が来ないと分かっていても、何か術があるかもしれないと身構える。

ハルティア聖域の、ましてや聖女が儀式をするこの神聖な湖の近くで、殺生を行おうとするなど神々への冒涜だ。そんな人が司教を名乗りリュミエール教に属していたなんて恐ろしい。

より一層、ドーム型の防御魔法に力を注ぎ込んで、既に意識が混濁しているオスカーを庇うように抱きしめて身を竦める。こうしている間にもオスカーの体が冷えてゆき、握った手が先ほどよりも冷たくて怖い。とうとう矢が射られて、セシリアとオスカーがいる方角へ勢いよく飛んでくる。

彼を抱きしめる腕の力を強めて、これから来るかもしれない衝撃に耐えるよう身を竦める。

しかし射られた矢は防御魔法に触れた途端、銀色の光に包まれて呆気なく散っていった。

「くそッ！　何故だ？　何故当たらない⁉」

アークラ侯爵が怒声をあげた瞬間、こちらに向かって誰かが走ってくる気配がした。敵の援軍かと思い、警戒しながら気配がする方角を見つめる。

さすがに集団で囲い込まれたら、防御魔法は解けてしまうかもしれないとパニックに陥りそうになった時、よく知った声が聞こえた。

「セシリアさまッ！　ご無事ですか!?」

こちらに向かって走ってくるのは、昔巡礼を共にした頼れる聖騎士たちだった。彼らは即座に状況を理解して、勇ましい大きな声を出した。

「奴を捕まえろ！」

「うおぉおおお!!」

「お前ら、何故私を捕まえようとする!?　おい、触るな、やめろ!!　あの偽聖女を捕まえろ!!」

頼もしい聖騎士たちは、逃げ出したアークラ侯爵を追いかけた。しかしまだ安心はできない。

——何故ならオスカーの容態は、一向に良くならないから。

だんだんと彼の身体が震えてくる。身体全体を温める魔法をかけても、その震えは止まらない。

「オスカーさん、オスカーさんッ」

聖域は魔法による状態異常は解除されるが、自然由来の毒だったら魔法では解毒できない。

(いや、いや。どうすれば、いいの……)

次は呼吸が荒くなってきた。彼が目を閉じたまま、セシリアのほうへ手を懸命に伸ばす。

オスカーの伸ばされた手を握ると、苦しげな息と一緒に言葉が紡がれた。

「……セシ、リア……、あい……して、る……」

「だめ！　絶対に助けますから!!　オスカーさん、オスカーさん!!」

オスカーの力が抜けてくる。

手首の脈を辿ると、かなり弱々しくて息を呑(の)み、また彼を抱きしめた。

「っ、オスカーさんを決して死なせません！　私は、オスカーさんと一緒に生きるんだから……」

何か手立てはないか、必死に思考を巡らせると、とある伝説を思い出した。

もしかしたらオスカーを助けられるかもしれない。失うものはあれど、彼の命より重くはない。

(生きて、恩を返す。ずっと一緒って言ったでしょう？)

彼は、何があっても、自分の元に帰ってきてくれるって、結婚だって約束した。

きっと大丈夫。確かにセシリアは聖女の力を持っていたのだから。

(……絶対出来る、やってみせる)

己の手のひらを見つめた。

(――だから、帰ってきて。オスカーさん)

決意を決めると涙は止まる。セシリアは毅然とした表情を浮かべ、よく通る声で言葉を発した。

「太陽神ソレイユさま、月神リュンヌさま。聖なる水魔法を、天へお捧げいたします」

これを使えばもう二度と〝聖なる水魔法〟は使えなくなる。

それでも彼を救えるなら本望だ。意を決して身体中の魔力を両手の上に絞り出す。その魔力がどんどん大きくなって、風をも巻き込み、天へと舞い上がっていく。

「私の愛する人を、どうかお救いください」

激しい風の渦が吹き巻く中。神々に誰に戻ってきてほしいか正しく伝わるよう、オスカーへと唇を押し当ててキスをした。

その刹那、彼の身体が、眩いほどに発光してゆく。

そして晴れ渡った空から、オスカーの元へ、たくさんの光が降り注いだ。

セシリアの魔力の光、天からの光。二つの光が合わさり、目も開けられぬほど、激しく輝き始める。

(オスカーさん、早く起きて……。お願い、帰ってきて……！)

祈るように手を合わせ、必死に祈った。彼がいないと、もうセシリアは生きていけないから。

せっかく平和な世の中になっても、自分には希望がないまま、心が死んでしまう。

(お願いします。私からオスカーさんを取らないで……)

そう願えば、徐々に光が収まっていった。セシリアの頭の中は、期待と緊張が入り混じる。

眩い光は完全に消滅して、恐るおそる覗き込むと、彼の腕がぴくりと揺れた。

「ッオスカーさん!!!!」

すると徐々に顔色が良くなっていく。寝そべる彼の胸板に手を添えて綺麗な顔を覗き込むと、ようやくオスカーの瞼がゆっくりと開き、大好きなハチミツ色の瞳が見えて鼻の奥がツンと熱くなる。

「あれ……？　俺、死んだんじゃ……？」

「よかった。本当に、よかった……」

へなへなっと力が抜けていくけれど、彼がまだ心配で頬に手を当てて、じっと顔を見る。

「どこか、痛みとか、痺れとか、違和感はありませんか……？」

「うん。不思議なほど力が漲ってる」

「っひっく、よかっ、た……！」

(きっと願いを聞いてくださった神々が、オスカーさんのことを救ってくださったんだわ……。本当

に本当に、ありがとうございます。感謝してもしきれません）

すっかり安心して大粒の涙がとめどなく溢れ出るけれど、感謝の意を込めて空を見上げた。

それから、視界がぼやけるけれど、愛おしい人の顔を見たくて、何度も何度も涙を拭う。

「セシリア、可愛い目が腫れちゃうよ」

「……いいんです。オスカーさんが生きているのなら……」

滲んだ視界でも、困ったように笑ったオスカーの表情が伝わってくることが、嬉しくて嬉しくて、仕方がない。彼をお返しいただけたのだから、聖女の力を捧げて良かった。

「オスカーさん、愛しています」

「ああ。俺も、愛してる」

オスカーの手を握って頬へくっつけると、ハチミツ色の瞳と目が合う。

もう一度心の中で神々に深く感謝してから、彼が戻ってきた喜びを噛み締めた。

ようやく涙が収まってきた頃。オスカーが胸を押さえながら、ぽつりと呟いた。
「それで、俺。確かに矢に射られたよな」
「……はい。私を庇って……」
先ほどまでの絶望感を思い出して震える。もうあんな風に庇うようなことはしないでほしいと切実に思うけれど、彼に命を救われたのは間違いなくて複雑だ。

「敵は？」

「今、リュミエール教の聖騎士さんたちが追ってくれています」

「そっか、大丈夫かな？」

「何かあれば魔法で知らせがくるはず。今のところ問題ないと思います」

聖騎士の彼らは何度も旅を共にした。鎧も着て、連携がとれていて安心感が強いのだ。

オスカーは未だ不思議そうに、穴の空いた服をさすりながら、起き上がる。

「ねえ。俺に刺さったのは、たぶん毒矢で、一気に苦しくなったけど……」

「オスカーさんを襲ったのは、恐らく自然由来の毒が塗られた矢だったのだと思います。いくら回復魔法をかけても、良くなりませんでしたから」

「じゃあ、どうして俺は無事なんだ……？」

何度呼びかけても、どれだけ魔力を注ぎ込んでも、どんどん顔色が悪くなったオスカー。その姿を思い出すと身が竦む。震える身体をオスカーに抱きしめられると、ちゃんと彼の体温を感じた。

逞しい胸に耳をつけると鼓動が聞こえて生きていると再確認して安堵する。

「昔の書物に聖女伝説があって。そこには、『聖女の愛する人が瀕死になったけれど、聖なる水魔法を天に捧げることで神々に治してもらった』という記述がありました。それを試してみたのです」

「え、本当に……？　それじゃあ、あの夢は……」

「……？」

彼が何かを思い返しているようでセシリアは首を傾げる。

オスカーはしばらく目を瞑(つぶ)って何かを確かめているようだった。数分の沈黙の末、何かの確認作業を終えた彼が、セシリアを抱きしめて言葉を紡ぐ。

「セシリア、ありがとう。大切な力を賭してまで、俺の命を……。セシリアは命の恩人だ」

「……それは私の台詞(セリフ)です。庇ってくれてありがとうございました。だけどもう二度とあんな無茶はしないでくださいね？　私はオスカーさんがいないと生きていけません」

「ありがとう」

セシリアを抱きしめる彼の腕の力が強くなる。それは苦しいくらいだけれど、オスカーが生きている実感がどんどん湧いてきて、とても嬉しい。

そして抱きしめられる力が緩んだかと思ったら、今度は甘い口づけが降ってきた。

「ふふっ」

オスカーとまた一緒にいられる。そう思うと幸せすぎて、また涙が出そうになる。

そんな瞳を潤ませたセシリアの頭を、彼が優しく撫でると静かに小さく呟く。

「あのな。夢を見たんだ」

「夢？」

「眩しい光の中で名前を呼ばれたんだ。それで『瀕死になった影響で魅了スキルがなくなってしまった。強すぎる能力だから元に戻せない。だからその代わり聖女の力は返す』って……」

「え……？」

慌てて身体の中の魔力を探ると、今までと変わりなく、聖なる水魔法が使える気配がする。

(それじゃあ、その夢は本当に起こったこと……?)

「魅了スキルを使おうとしても発動しない。俺は、やっと魅了スキルから解放されたんだ!」

嬉しそうに語るオスカーの表情は、物凄く明るい。だけれどセシリアは引っかかりを覚えた。

「私の力を捧げて、救っていただいたと思ったのに。あんなにも使いこなしていた魅了スキルが失われてしまうだなんて……」

自分が行ったことで、彼の能力の一部がなくなってしまった。

もちろん命のほうが大切だけれど、それが心苦しくてセシリアは俯いた。

「違うよ。神々には悪いが、俺はこの魅了スキルを呪いとすら思っていたんだ。これから普通の人みたいに過ごせると思うと嬉しい」

「オスカーさん……」

「セシリアが気にすることは何一つないよ。救ってくれて感謝しかない」

本当に無邪気に笑うものだから、セシリアは救われる思いだった。

すると先ほどアークラ侯爵を追いかけていった聖騎士の一人が、こちらに向かって走ってきた。

「セシリアさま。お待たせしました。先ほどすごい光でしたが大丈夫でしたか?」

「大丈夫です。それよりアークラ侯爵は……?」

「はい。無事に捕まえました」

「そうですか。よかった……。助けてくださってありがとうございます」

「俺からもお礼を言おう。助かった。ありがとう」

セシリアとオスカーは、聖騎士に深く頭を下げた。

彼らがいなかったら、二人揃って、死んでしまったかもしれない。そう考えると背筋が凍る。

「いいえ。お二人が無事で何よりでした。現在奴は、聖堂の近くで拘束しています。危険人物輸送用の馬車が到着し次第、王城まで送る流れです」

「……分かりました。同じ教会の人間を捕まえるのは、大変だったでしょう？」

確かこの聖騎士は大司教派だったけれど、貴族であり司教でもある人物を拘束するのは、勇気が必要だっただろう。しかし聖騎士は朗らかに笑った。

「はい。ですが現行犯で捕らえられたので言い逃れすることは出来ないはず。むしろ、我がリュミエール教の膿を排除できて安心しているところです」

「そうですか。ならば良かったです」

聖騎士が清々しく言うものだから、セシリアは少し驚いた。しかし拘束することに対して、精神的に負担がなかったのなら良かった。

この勇敢な聖騎士たちを派遣してくれた、ヨハンネス王太子殿下にお礼を言わなければならない。

「ところでアークラ司教は、毒矢で射ったと仰せでしたが、そちらの方は大丈夫ですか……？」

聖騎士が不思議そうに、オスカーを見遣る。

——そうだ。私にとって一番怖いのはオスカーを失うこと。

それが回避されたのだから、今は一安心するべきだ。

「ああ。セシリアに治してもらった」

「はい。オスカーさんは、神々のご加護もあり、すっかり良くなったようです」

セシリアは、彼と見つめ合いながら、満面の笑みを浮かべた。

第十章　光に溢れる毎日へ

ルビラ王国の王都に戻ってきて、数日が経った。

あれから、司教でもあったアークラ侯爵は拘束されて地下牢へと幽閉されている。

一通り暴れたようだが、現在は殺人罪も認めていると聞いた。殺人罪は終身刑になることが多く、恐らく侯爵という爵位も降爵、もしくは奪爵となると言われている。

動機は、セシリアへの逆恨みだった。娘であるレーナが、聖女の役目を果たせず、王太子からも見放されたのは元聖女のせいだと、そのように考えたようだ。

どうやら、最終的にはレーナを王太子妃にして、己の貴族としての影響力を上げたかったようだ。

リュミエール教を利用してまで、貴族としての野心を貫くとは、セシリアにとって本当に衝撃だった。

隣のブロンフラン王国まで渡ってきた〝元聖女が呪って魔物が増えたという噂〟についても、アークラ侯爵が一枚噛んでおり、レーナの力不足が原因で聖女として失脚しないよう、全てセシリアに罪を着せるべく漂わせたようだ。

当然リュミエール教の教皇猊下からは破門を言い渡された。

これによってルビラ王国におけるリュミエール教の派閥のバランスが大きく崩れた。国王派は衰退し、これから大司教派の力が強くなるだろう。

そして、セシリアとオスカーの二人は、貴賓としてルビラ王城に宿泊させてもらっている。

万が一に備えて、残党がいないか分かるまで警護をしたいと、ヨハンネス王太子殿下が要請してくれたからだ。当然オスカーは、信用ならないと断ろうとした。だがしかし警護の担当については、近衛騎士ではなく聖騎士をつけてくれることになったので、大人しく留まっている。

毒矢の一件があったものの、オスカーには後遺症もなく元気そうだ。魅了スキルがなくなったことは本当に嬉しいみたいだが、今度は新たな悩みが浮上している。

「オスカーさまぁ。お待ちになってぇ～!!」

「ちょっと貴女、オスカーさまを追っかけるなんてはしたないわよ」

「なんですってぇ!?」

気分転換のために、聖騎士を連れて少し庭園を散歩しているだけでこの有様。王城は貴族の避難場所にもなっていたようで、宿泊している貴族令嬢がオスカーに魅了されているのだ。

「ねえ、君たち。今は婚約者と散歩しているんだ。邪魔、しないでくれないかな?」

やはりオスカーの人気っぷりは、魅了スキルだけが原因ではなかった。

冷たく突き放すとさすがに散っていったが、それでも美声を聞けたと喜んでいるのだ。

「セシリア、ごめんね。せっかく散歩をしてたのに……」

「お疲れさまです。だけど、少しやきもち焼いてしまいました」

(オスカーさんを独り占めしたいのに、女の子から人気すぎる……)

眉を下げてオスカーを見上げると、縋り付くように思い切り抱きしめられた。

「もう魅了スキルはないのになんでだろう……?」

セシリアの肩に頭を預けて、彼は項垂れた。

何だか思わず少し笑ってしまうと、オスカーが口先を尖らせたが、それでも口角は緩んでいる。

「やきもち焼いてもらって嬉しかった。セシリアが俺のことを好きで幸せだ」

「……あ、当たり前じゃないですか。一生離しませんよ……？」

「ははっ。俺にはセシリアしかいらないから、大丈夫」

顎を上に持ち上げられると、唇に柔らかいものが触れた。それはもちろんオスカーの唇で、とても甘い。触れるだけの口づけを、夢中で何度も繰り返していると、どこからか咳払いが聞こえる。

（やだっ！　聖騎士たちがいるのを忘れてた！）

しかもここは王城の庭園で、人目が多い場所。そのことに気がついてセシリアは涙目になりながらオスカーから離れた。しかし腰に手が回り引き寄せられる。彼は何故だか、満足げな表情をしていた。

「セシリアさま、オスカー公子」

聞き覚えのある声で振り返ると、そこには、よく知った人たちが集まっていた。

声をかけてきたのはルビラ王国の国王陛下。その隣に師でもあるパウロ大司教。そして後ろには、顔を真っ赤に染めたヨハンネス王太子殿下がいらした。

「今からの時間、空いておるかな？」

国王陛下の威厳のある声に頷き、応接の間へと移動した。

「セシリアさま。まずは謝罪を。国を治める身として、貴女の国外追放を止められなかった責任は、私にある。愚息を信用しすぎて、充分に物事の判断が出来ていないのに、権限を多く与えてしまった。誠に申し訳ない」

国王陛下の謝罪に目を伏せた。

ヨハンネス王太子殿下の時と同様、王族が謝罪をするだなんて異例だ。

「現時刻をもって、ヨハンネスから王太子の称号を剥奪し、謹慎を言い渡す。謹慎があけたら、一から責任を持って教育するからな。今回の件で、他の兄弟への支持が強くなっている。望みは薄いとは思うが……。充分に反省をして、どんなに苦しくても、足掻いてもがいて、王を目指したまえ。それが王国の重鎮で考えたお前に与える罰だ。私にも責任があるからこの件でお前を裁判にはかけないことになったが……。もしも次同じようなことがあれば、その時は容赦しない。分かったな？」

「はい。承知いたしました」

自分のやったことに苦しめられながら、上を目指して頑張るって残酷だ。

死を望んでいたくらいだから、正直廃嫡されたほうが楽だろう。セシリアには心苦しさもあるけれど、きちんと罪を償ってほしいと思う。

「続いて、セシリアさま。酷い仕打ちを受けたにもかかわらず、此度は我が王国の魔物の大量発生を止めて、瘴気の浄化やハルティア聖域の儀式まで行ってくれたこと、誠に感謝します。ヨハンネスに希望を申していた報酬の件だが、以前の賠償金も含めて、こちらで如何だろうか」

国王陛下が示した羊皮紙に書かれていたとんでもない金額を見て、驚きで息を呑んだ。

（い、一生、使い切れる気がしないわ……!!）

桁の多さに気後れする。だけれど内訳を見ていく内に、良いことを思いついた。

セシリアは、深呼吸をして口を開く。

「報酬については、ありがたく頂戴いたします。ですが賠償金については、此度の復興費に充てていただけませんか？」

「復興費に……？」

「はい。ルビラ王国を見て回り、魔物による甚大な被害を見てきました。崩壊した建物や、価格の高騰した食を得るために捕まえた人間を奴隷として売っている民まで……。出来れば違法に奴隷にされてしまった人を解放してもらえませんか。あとは皆へ食料が行き渡るようにしてほしいのです」

必要な人たちにお金を使ってほしい。今回の件はセシリアにも責任があるから。

「承知いたしました。セシリアさまのご厚意に感謝します」

国王陛下とヨハンネス殿下がこちらに向けて頭を下げた。そして次はパウロ大司教が口を開く。

「セシリアさま。ハルティア聖域の湖での儀式、本当に感謝するよ。綺麗に浄化されていて、見違えるようだった。このルビラ王国を救ってくれてありがとう」

「いえ。大司教がわざわざブロンフラン王国まで捜しにきてくださったおかげです」

突然家に来たのはびっくりした。けれどお世話になった大司教がいたから、よりルビラ王国の逼迫度合いが分かった。セシリアが回想していると、大司教は改まった様子で言葉を紡いだ。

「あれから教皇猊下と話し合ったのだが……。今後同じことが繰り返されぬよう、聖職者になる者が貴族籍を持つ場合は、俗世から離れてもらおうと思っているんだ。つまり、貴族籍を抜けて、神々に仕えるということ」

「そう、ですか……」

厳しい措置だ。だけれどルビラ王国のリュミエール教では大司教派と国王派がいた。

内部で分裂して足を引っ張りあって、儀式が出来ない者が聖女となり魔物が大量発生してしまったのだから、再発防止のため仕方のないことなのだろう。

「セシリアさまには大変な苦労をおかけした。改めてお詫び申し上げる」

大司教は頭を下げた。そして真剣な眼差しで問いかけられた。

「最後に、セシリアさま。また聖女をやるつもりはないかい？」

（──聖女を、もう一度……？）

聖女だったことは過去で、これからの未来を生きるのに必死で、そんなこと考えたこともなかった。

しかし、答えは決まっている。

「大変申し訳ございませんが、もう今回のことで聖女の役目は果たしたと思っています。……それに私、オスカーさんの元に嫁ぎますので……」

今一番大切なのは、オスカーと一緒にいることだ。

まだまだ、いただいた恩は返せていないし、何より愛しているから。ふいに隣にいるオスカーを見ると、僅かに顔を赤らめていた。思わずセシリアは、くすりと小さく笑う。

「仲がよろしいようで何よりだ。それならば隣国ブロンフラン王国の準聖女を、ルビラ王国の聖女として迎え入れる。正しくお勤めが出来る者を抜擢することになるから、セシリアさまは何の心配もせずに幸せになっておくれ。神々も祝福を与えるだろう」

しっかり儀式が出来る準聖女であれば、此度のような事態は繰り返されないと一安心する。

「大司教さま、ありがとうございます」

しっかりとお礼を言うとオスカーの腕が腰に回り引き寄せられる。驚いて上を見上げると、ハチミツ色の甘い瞳と目が合って微笑み合った。

それを見て、また咳払いをした国王陛下が、オスカーに向かって言葉を発した。

「オスカー公子。ブロンフラン王国にまで魔物を侵入させてしまったことと正式に謝罪させてほしい。また我が国の侯爵によって毒矢を射られたと聞いた。ついてはこの後、個別に話し合いたいのだが、如何だろうか」

「はい。承知しました」

◇◆◇

一足先に、王城で与えられた部屋でオスカーを待っていると、扉をノックする音が響いた。

「オスカーさん、お帰りなさい！」

「ただいま」

ぎゅっと抱き合うと、彼の良い香りがして落ち着く。額にキスをされた後、オスカーは話し始めた。

「話はついたよ。もう残党はいないだろうという調査結果になったようだ。アークラは、今後裁判にかけられるけど、やはり終身刑だろう」

「……そうですか」

セシリアが落ち込む必要はないものの、どうしても気持ちが沈んでしまう。

しかしその反面、自分に殺意を持っている人とはもう会わなくてすむと少しホッとした。

もう一つ気がかりだったことがあったので、オスカーに尋ねた。

「あの、レーナさまはどうなさるのでしょう……？」

「レーナ？　……ああ、あのセシリアから聖女の座を奪った奴ね。北の修道院に入ることになるみたいだ。そこで己の力を磨いてくれるんじゃないかな」

北の修道院といえば、とても厳しい奉仕活動をすることで有名だ。

彼女は聖女として勤めを果たせずに、魔物が大量発生する事態となった。だから表舞台へは戻ってこれはしないだろう。色んな感情が渦巻くけれど、今はそれに蓋をした。

「それでは私たちは、ブロンフラン王国に、ムーア街に帰れるのですね？」

「うん。名誉聖女として、国境までは聖騎士の護衛も継続するって」

「そうですか。早く帰りたいですね……」

ルビラ王国で生まれ育ったというのに、あのムーア街が恋しくて仕方がない。

マルシェで買ったチーズやハムを、オスカーと一緒に食べる何気ない生活。夜はお庭で星を眺めて、穏やかに過ごしたことが、遠い昔のようだ。

「そういえば帰る前にルビラ王国で行きたいところはない？」

行きたいところを考えると、すぐに思い至った。

国外追放された時は、もう訪れられないと思った場所があったのだ。

「オスカーさん。一つ寄りたいところがあるのですが、よろしいですか？」

「もちろん」

◇◆◇

翌々日の朝。お城の窓を覗くと、太陽の陽射しが眩しい。晴れ渡っていて、雲ひとつない青空が広がっている。荷造りを終えたセシリアとオスカーは、黒馬と聖騎士らを引き連れて王城を旅立った。

行きと同じく、オスカーに抱きかかえられるように、セシリアは黒馬に横乗りした。

数時間、黒馬を走らせると、村を通り過ぎて、見覚えのある景色が目に入ってくる。

「あ！　オスカーさん、ここです」

「分かった」

黒馬を止めてくれて、先に降りたオスカーの手を取って、ぴょんっと降りる。

目の前に広がっているのは、ひまわり畑だ。ちょうど時期だから、見事に咲き誇っていた。

一つひとつが太陽のようで、見ているだけで元気になる。

「ここは？」

「実は、ここに両親のお墓があるんです。ほら、あそこ！」

指を差した方角へ進んでいくと、平たい墓石がそこにはあった。

墓石の前に立つと、セシリアは父と母の名前を指でなぞる。両親のことはあまり記憶がないけれど、オスカーのことを紹介したかった。セシリアは、膝をつき手を合わせて、両親へと語りかける。

「お母さん、お父さん、お久しぶりです。私は色々ありましたが元気です。今日は婚約者のオスカーさんに連れてきてもらいました。これから幸せになりますね」

きちんと紹介が出来てよかった。これで心残りはない、そう思った時。

隣のオスカーも、同じく膝をついて手を合わせた。

「初めまして。オスカー・デューク・ブラックストンと申します。大切なお嬢さんをいただくことをお許しください。必ずや幸せにしてみせます」

（オスカーさん……）

穏やかに、語りかける姿は、相変わらず神々しいほどに美しい。

「ありがとうございます。私もオスカーさんのこと、必ず幸せにします」

「ははっ、嬉しい。大切にするからな」

安心する逞しい胸に抱き寄せられて、蕩けそうなほど甘いキスをする。

それがとにかく幸せで、出発するまで、何度も触れるだけのキスを繰り返した。


夕方になると野営の準備をして、聖騎士の皆と一緒に夕食を摂った。

こんなにも大人数で食べるのは巡礼の時以来だ。賑(にぎ)やかな雰囲気で焚(た)き火を囲んで食べる食事は、楽しくて美味(おい)しい。会話が弾んで盛り上がりを見せていたが、オスカーは食後すぐに立ち上がった。

「それじゃあ、もう俺たちは天幕(テント)で休むから」

「えっ？　あ、オスカーさんお疲れですか？」

「うん。一緒に戻ろう」

聖騎士たちに謝りつつ、焚き火の後始末のお願いをした。

普段鍛えているオスカーが疲れているなんて珍しいと心配しながらついていく。

しかし靴を脱ぎ天幕の中に入り、瞬(また)く間に抱き寄せられると一瞬で意図を察した。

「やっと安心できる場所で二人きりになれた……」

「そうですね、嬉しいです」

彼の逞しい背中に手を回すと安心して落ち着く。しかしオスカーが少し苦しそうに声を出した。

「そろそろセシリア不足で限界だ」

「え？」

「……手を伸ばせば可愛(かわい)いセシリアがいるのに、さすがに王城だと手が出せなかった」

「ふふっ」

確かに閨事(ねやごと)はしなかったものの、たくさんキスをしてくっついていたのに、それでもまだ足りないと切なそうにしているオスカーが愛(いと)おしい。

いつの間にかセシリアのお腹(なか)に、硬くて熱いものが当たって主張している。

そして耳元で「早く抱きたい」と囁(ささや)かれれば、セシリアの身体(からだ)も熱が灯(とも)っていった。

いきなり耳を甘噛(あまが)みされて吐息が漏れる。耳たぶに舌を這(は)わせられると、淫(みだ)らな水音で頭がいっぱいになって恥ずかしい。しかし彼から求められているのが、嬉しくて堪(たま)らない。

(でも……)

オスカーの胸を押して止める。重大な懸念事項があったからだ。

「ま、待って！　シャワーを浴びたいです！」

「駄目、待てない」

「じゃあ、せめて！　洗浄魔法をかけたいのですがっ」

「うん、分かった」

オスカーがセシリアと自らの身体に、すぐさま洗浄魔法をかけた。続いてベッドへ優しく押し倒されると、噛みつくようなキスに襲われて舌を絡(から)め合う。

「んぅ……っ」

今までゆっくり触れ合えなかった時間を埋めるように激しい。いつもより念入りに下唇を吸われて、上顎(うわあご)や下顎を丁寧(ていねい)に舐(な)められていく。

あまりに濃厚なキスのせいで、セシリアのお腹の奥から蜜がじゅわりと溢(あふ)れ出てくる。

(私もオスカーさんと肌を合わせたかったみたい)

気持ちよくて、蕩けそうで、もう彼のことしか考えられない。

最後にちゅっと可愛い音が鳴ると、ようやく唇が離れて、二人の間に銀の糸が伝った。

「……触れるよ？」

「っはい」

言葉少なに、本能のまま行為は進んでいく。

オスカーは手慣れたようにセシリアの服を脱がして下着を剥いで、直接胸の膨らみに触れた。

その重みを確かめるように掬い上げながら揉みしだく。胸の先端に指が当たると、セシリアの口から、甘い声が出てくる。

「……ひゃんっ」

その甘い声を聞いた途端、彼がくすりと笑って、先端の周りを焦らすように舐め始めた。尖った部分に当たらないように円を描くよう丁寧に舐められたら、もどかしくて身体が悩ましく揺れてしまう。

「あ、オスカーさん……」

懇願するように見つめたら、今度は笑みを深めて飢えた獣のように先端にむしゃぶりついた。舌で執拗に先っぽを押し潰されて、欲しかった刺激が身体に走る。

その後すぐに、ちゅくちゅくと吸われ嬌声がもっと溢れてしまう。

「んああ……!!　きもちい、あっ、あ……」

すると快感に喘ぐセシリアのもう片方の胸の先端も弄びながら、悪戯っぽい表情のオスカーが呟く。

「あ、そうだ」

「っ、なん、ですか……？」

「警備上、防音魔法は使わないようにって言われてるんだ。だから声、我慢してね」

「……えっ？　あぁ、んぅぅ……っ！」

（い、今まで声出しちゃってたけど、聖騎士たちに声が聞かれていたかもしれないの!?）

慌てて口を塞ぐけれど、既にセシリアは蕩けきっていて、甘い声がどうしても漏れてしまう。

「……ん、んんぁっ！　……っんん！　あんっ」

――外は静かな森だ。だからこそ聖騎士たちに聞こえてしまうかもしれない。

それなのにオスカーの愛撫は止まらず胸の先端をむしゃぶり、時折こりっと甘噛みして、もう片方の胸の先端も、長い指で転がされ続けている。

「セシリア、我慢してるの？　可愛い」

「……うぐ、いじわる……っっ！」

こちらは必死に我慢しているのに、オスカーはこの背徳感を楽しんでいる。

じとっと涙目で睨むと、今度は優しくキスされた。

「ごめん。でもセシリアが可愛すぎるのが問題なんだよ。聖騎士の連中がセシリアに見惚れてるから、俺たちに付け入る隙はないって見せつけたくて」

「っ」

聖騎士たちとは昔から巡礼でずっと一緒で、それこそ妹のように思ってくれているだけだろう。しかしまさかオスカーが嫉妬してくれているとは思わなくて嬉しい。

「それならもっと良い方法があります。今度はオスカーさんが我慢する番ですよ……？」

「……え？」

起き上がってオスカーと向かい合い、ズボンの隆起した部分を見つめる。

「私がオスカーさんに夢中だって証明したほうが確実ではありませんか」

彼に気持ちよくなってもらいたくて、その一心で布越しにつんっと触ってみる。

「セシリア⁉」

「すごく硬い、です。これはどう触ったら……？」

その瞬間オスカーは、真っ赤になった自分の顔を手で隠した。そして数秒思考停止していたけれど、まもなく衣類を脱ぎ始めて、一糸も纏わぬ姿になった。

相変わらずオスカーは美しくて、つい綺麗に割れた腹筋に触れてしまう。

「焦らさないで。こっちだよ」

腹筋に触れているセシリアの手を彼が持って、大きく昂っている物を握らせる。

「わ、熱い」

セシリアの手のひらには収まらないほどの太さで、やっぱりこれが自分に入るなんて信じられない。

思い立って裏側を擦ってみるとピクリと動く。その切先からは、透明な雫がとろりと垂れた。

「っく、セシリア」

切なげにねだるような彼の声や表情が色っぽい。オスカーの色香に溺れながら、熱棒を両手で握ってしごいてみる。するとだんだんとオスカーの顔が快感で歪んでくる。

彼のその気持ちよさそうな表情は、自分がもたらしていると思うと仄かな悦びを感じた。

（もっともっと、オスカーさんを快感の色に染めたい……）

セシリアは思い切って、裏側の先をちろちろ舐めてみる。

「っあ、」

上目遣いでオスカーの反応を窺うと、今までよりずっと反応がよくて心が満たされる。

（オスカーさん気持ちよさそう……!!）

嬉しくなって、ぱくっと熱棒を咥えこむ。

きちんと舐めながら吸ってみると、オスカーの悶え声が聞こえてきた。

「……っ」

快感に耐えるため目を固くぎゅっと閉じている姿に、物凄くときめいていく。

いつも余裕を持った色気のある彼が、今だけは可愛くて、どんどん気持ちよくなってほしいと思う。

（こんな表情を見られるのは、私だけ、よね……？）

そう考えると一気に気分が高揚してくる。僅かに仄暗い感情を抱きながら、既に下着も身につけていない秘所から、セシリアの蜜が溢れて、太ももを伝ってシーツに垂れた。

「っく、あ、もう……っ！」

やめてほしいと目で訴える彼に首を振ると、じゅるるっと吸い上げた。途端に熱棒がビクビクして、彼の液が口の中で、勢いよく噴出する。慌てたオスカーがセシリアの肩を掴んだ。

「そ、それは出してッ！」

口の中にほんのり苦い味が広がって、言われるがままに手に吐き出す。

彼に手首を押さえられ、すぐに洗浄魔法をかけられた。白濁とした液体がすぐさま消えて、口の中もさっぱりとする。オスカーは恨めしそうな表情で呟いた。

「セシリア」

「どうされましたか？」

「……気持ちよくて嬉しかったけど、こんなことどこで覚えてきたんだ？」

彼の少し不貞腐れている様子がまた可愛くて、ぎゅっと首に手を回して抱きついた。

「オスカーさんが私にしてくれたことを、そのまま真似しただけですよ……？」

首を傾げながら正直に告げると、彼は顔を赤くした。しかしその雰囲気が少しずつ変わっていく。

「お、オスカーさん？　……ひゃうっ」

突然、彼の大きな手が太ももに近づく。内ももをツーっと長い指でなぞられると、それをセシリアの目の前に差し出してきた。

その指先は、先ほど伝ったセシリアの蜜が纏わりついていて、一気に羞恥心でいっぱいになる。

「俺のを舐めてこんなに濡れちゃったんだ？」

「……だって、オスカーさん気持ちよさそうで可愛くて……っ」

「ふうん。じゃあ次はまた、セシリアの番だね」

「……えっ？」

「俺にもセシリアが可愛いところをもっと見せて」

再び押し倒されて彼が足の間に入ってくる。秘所に顔を近づけられると、ゆっくり花芯に舌が這う。

「ひゃあ！　あ、だめ……あんっ！」

快感の波に流されて頭が真っ白になる。その気持ちよすぎる刺激から逃れようと勝手に腰が浮いてしまうが、すぐに押さえられて快感が逃せない。

「んぁあ……っ！　……やぁっ、イッちゃう……！」

あと少しで達してしまうと頭をよぎった時、彼が花芯の近くで喋(しゃべ)る。

「ほら、声我慢しなきゃ」

すっかり外に聖騎士がいるなんてことは忘れてしまっていた。それを思い出してからは、指を噛んで、必死に我慢してみるが、結局気持ちよすぎて、甘い声が溢れ出てしまう。

「んんぅ、っで、できないぃ……」

「そんなに蕩けちゃって可愛い」

「っんぁ！　ひ、んんっ！　……ぁ、だめ。……んんぅ、イっちゃうっ！」

先ほどの仕返しとばかりに、ちゅくちゅくと淫らな音を立てて舐め吸われる。目の裏が白く光って、昇り詰めた快感が弾(はじ)けた。その衝撃で、背中が弓なりになって、花びらがひくひくする。

乱れた呼吸を整えながら余韻に浸っていると、欲望に満ちた彼と視線が交差する。

「早くセシリアと繋(つな)がりたい。挿(い)れてもいい？」

「んっ。オスカーさんが、欲しいですっ！　きて、お願いっ」

一度吐精したはずの熱棒が、解(ほぐ)れた蜜口(みつくち)にあてがわれる。先ほどと少しも変わらぬ質量が視界に映って、これからの行為に期待して胸が高鳴る。

「んんぅ！　ひ、あぁん……！」

気持ちいいところを擦り上げながら、熱棒が奥へ奥へと入り込んでくる。そのたびに快感が背中に走って、蜜壺の中が収縮してしまう。

「っく……。締めすぎだよ、セシリア」

「だって……！　ひゃんっ、きもちよくて……！」

一番奥に到達して、ぐりゅっと刺激される。すぐに抽挿が始まると、もう嬌声が止まらなかった。

「んんあ、っひゃう……！　んんっ！　あぁん……」

いくら指を咥えてかじっても、声が漏れて仕方がない。

久しぶりのオスカーとの交わりに、とろとろに溶けて駄目になっちゃう。

「んむっ、ふぅ！」

すると、それを見兼ねたオスカーが、セシリアの口を大きな手で覆う。

「やっぱりセシリアの可愛い声を聞かれたくないから塞ぐね」

もたらされる快感に身を委ねながらも、それは既にもう手遅れではないかと頭の隅で思うけれど、彼に口を塞がれて声が漏れにくくなると、オスカーだけに集中できて嬉しい。

セシリアの気持ちが通じたのか、腰を打ちつける激しさがどんどん増していく。

「んん！　んんん……！　っぁんん」

天幕の中に、ぱちゅんぱちゅんと淫らな水音が響き渡る。奥まで彼が到達するたびに、セシリアは絶頂を迎えそうになる。甘くて痺れる快感が襲ってくる。

「セシリア、そろそろ……」

オスカーの言葉に、必死に頷く。彼の額から汗が滴った途端、口を覆う手が外れた。

その後、蜜壺の最奥をぐりぐりと、思いっきり強く押し上げられる。

「っひゃ、ん、あぁぁ……っっ」

「出る……！」

熱液が弾けた途端、今まで積み上げてきた気持ちよさが、一気に崩れて、身体中に甘く広がる。

蜜壺の収縮が止まらず、オスカーは悶えながらも、セシリアの上に倒れ込んだ。

「セシリア、愛してる」

「私も、愛してます」

唇同士を重ねて、ゆったりと、触れるだけのキスをする。

二人きりになって安心して緊張が解れたのか、抱き合ったまま、夢の世界へと誘われた。

——翌朝、聖騎士たちとギクシャクしたのは言うまでもない。

エピローグ

時は流れ、ムーア街に戻ってきてから、早くも一ヶ月が経つ。

夏の暑さは過ぎ、秋の風が吹き始めてきた。ブロンフラン王国も、ある日を境に魔物の増加が収まったようで、戻った時には、ムーア街は賑やかなまま何も変わっていなかった。

例えば、魅了スキルがなくても、相変わらずオスカーは人気のままだし、何なら魅了スキルを抑える眼鏡を外したことから、そのギャップで人気に更なる拍車がかかっていた。

セシリアは引き続き、冒険者ギルドの受付嬢として真面目に働いている。仕事に復帰した時は友人二人に怒られて大変だったけれど、充実した毎日を過ごしている。

唯一変わったことといえば、オスカーが冒険者の仕事を辞めたことだ。

冒険者はどんなに強くても危ない職業だから、セシリアに救われた命を大切にしたいのだそう。といっても、緊急要請があれば、それには応えるみたいだ。

今後はギルバード王太子殿下の下でのお仕事に専念すると言っていた。

――魔物の大量発生については、前聖女の呪いだと噂になっていたけれど、今は上書きされている。

聖女セシリアが魔物の大量発生を抑えて、世界を救ったと壮大な話になって広まっていた。

それに伴いルビラ王国の王都に、セシリアの銅像が建設されていると風の噂で聞いた。後から聞いた話によると贖罪の意も兼ねてヨハンネス殿下が私財を投げ打ったようだ。

自分の銅像なんて恥ずかしくて堪らない。しかしオスカーが『セシリアの名誉が回復するなら嬉しい』と喜ぶものだから、何も言えなくなった。

夕暮れ時、ほのかに月が顔を出してきた。

家の庭にテーブルを出し、クロスを敷いて、キャンドルやお花で飾り付けをする。

「……ふう。これで、準備は大丈夫かしら」

ここ数日、オスカーがお仕事のため、家を不在にしていた。

一人で寂しかったけれど、今夜王都から帰ってくる。だからセシリアは、エプロンを身に纏(まと)って、彼のために腕を振るって料理を用意した。

プロシュート、バーニャカウダ、白身魚のトマト煮、きのこのキッシュをテーブルに並べる。どれも友人であり同僚のライラとアンに教えてもらった料理ばかりだ。

「喜んでもらえるかな……」

セシリアが張り切って用意していたのには理由があった。彼には、いつももらってばかりだから、今までの感謝を伝えたかった。悩みに悩んで用意したプレゼントもある。

(オスカーさんが、気に入ってくれたらいいけど……)

そう思い耽(ふけ)っていると、こちらへ向かう人の気配がする。

――彼が帰ってきた。

「オスカーさん！　お帰りなさーい！」

まだ彼は家の敷地にも入っていないのに、セシリアは大きく手を振った。

それを見たオスカーがくすっと笑った後、すごいスピードで走ってくる。

それに合わせて手を広げて待つと、思いっきり抱きしめられた。

「セシリアただいま。はー、落ち着く」

「ふふっ。お帰りなさい」

するとオスカーが、鼻をすんすん鳴らしながら呟いた。

「なんかいい匂いする。……あれ？　今夜は、庭で夕食？」

「はい！　今夜はご馳走ですよ」

「じゃあ、早く荷物降ろしてくる。待ってて」

慌てたように、家へと入っていくオスカーを眺める。この何気ない瞬間も、愛おしくて堪らない。


準備を終えてエプロンを外して、オスカーを待つ。

彼が庭に戻ってきてから、よく冷やしたワインを二つのワイングラスへ注いでいく。

「随分珍しい色のワインだね」

「はい。マルシェで見つけたんです。オレンジワインといって、白葡萄を赤ワインの製法で造ったそうですよ。この透き通ったハチミツ色が、オスカーさんの瞳の色に似てるなあって、つい買っちゃいました」

グラスを傾けて、オレンジワインの色彩を楽しむ。するとオスカーは、両手で顔を覆ってしまった。隠れ切っていない耳は、赤く染まっている。照れているのだと思うと、セシリアの頬が緩んだ。

「もう。セシリアって、本当に俺のこと好きだよね」

「ふふっ。当たり前じゃないですか」

グラスをかちんと合わせて、乾杯する。

一口飲むと、白ワインのように繊細すぎず、かといって赤ワインみたいに重すぎない。

購入時に店員のマダムが、どんな料理にも合うと言っていたけれど、まさにその通りの味だった。

料理を一通り食べ終えた頃。セシリアは、そわそわしながら、オスカーに話しかけた。

「オスカーさん、あの……。これを受け取ってくれますか……?」

彼の前に差し出したのは、小さな箱。パカッと上下に開けると、プラチナリングが姿を現した。

「指輪……?」

「はい。普通は男性から女性へ指輪を贈るのが定番です。でもオスカーさんは人気者すぎて、やきもちを焼いちゃうから。私が贈った指輪をしてくれていると、心穏やかでいられるかと思いまして
……」

セシリアは照れながらも、オスカーの反応を窺って見つめる。ハチミツ色の瞳とぱちっと視線が合った途端、テーブルに勢いよく頭をぶつけながら、平伏してしまった。

「お、オスカーさん!? 大丈夫ですか!?」

「……今日のセシリア、かっこよすぎてずるいよ……!」

椅子から立ち上がってオスカーの元へ駆け寄る。オスカーは、もだもだしながらも頭を上げた。おでこが真っ赤になっていたので、セシリアが手を当てて回復魔法をかける。

「ありがとう。取り乱してごめん」

照れながら笑うオスカーに胸をときめかせながら、感想が気になりつい聞いてしまう。

「指輪は気に入ってもらえましたか……？」

「もちろん！　前にセシリアにあげた指輪に似てて、お揃いみたいで嬉しい」

そう言って小さな箱から指輪を取り出し、オスカーが迷いなく左手の薬指にはめようとする。だけれど何かに気がついたのか指輪の内側を覗き込む。

「あれ？　内側に刻印が……？」

「ふふっ。気がつきましたか」

「あ、セシリアと俺の名前が入ってるんだ……!?」

オスカーが幸せそうに笑みを浮かべる。彼とずっと一緒にいたいから、互いの名を刻印してみたけれど、気に入ってもらえてよかった。

オスカーの大きくてゴツゴツした大好きな手が、贈った指輪で彩られた。それが嬉しくて仕方がない。

「実は俺からもプレゼントがあるんだ」

彼が差し出したのは小さな箱だった。まるでセシリアがさっき差し出したような大きさだ。

「セシリア、愛してる。これを受け取ってくれないか？」

上下にパカッと小さな箱が開くと、大きなダイヤが装飾された指輪が入っていた。

月明かりに照らされたダイヤがキラキラと光り輝いている。

「わぁ、きれい……っ！」

「指輪の内側を見て。俺も拘ってみたんだ」

ダイヤの指輪を受け取って内側を見てみる。

するとハチミツ色の宝石と、淡いラベンダー色の宝石がはめ込まれていた。

(オスカーさんの瞳の色と、私の瞳の色なのね……！)

「嬉しい……っ」

うっとりとダイヤの指輪を眺めていると、彼が真剣な眼差しでこちらを見つめる。

「この宝石たちのように、俺もセシリアとずっと一緒にいたい。……だから、結婚してくれないか？」

「——……っ！」

オスカーはセシリアの左手を手に取ると元々はめてある指輪の上に、ダイヤの指輪を重ねづけした。

左手の薬指には、オスカーに贈られた二つの指輪がきらめいている。

セシリアは視界が涙で滲みながらも、幸せに満ち溢れた笑顔を浮かべた。

「はい、喜んで。……ひゃっ！」

セシリアの涙が頬を伝った瞬間、オスカーにがばっと抱きしめられる。

「やった！　セシリア、ありがとう……！」

彼は本当に本当に嬉しそうな様子で、セシリアも思わず笑顔が綻ぶ。

「ふふっ。私、幸せです」

「俺も、すごく幸せ！」

オスカーに顎（おとがい）を持ち上げられて、甘くて蕩（とろ）けるキスをする。

セシリアは幸せに包まれながら、楽しみでいっぱいの未来に想いを馳（は）せた。

——王都でオスカーの両親に結婚のご挨拶（あいさつ）をするまであと一ヶ月。

——ムーア街で盛大に結婚式を挙げるまであと三ヶ月……。

——セシリアのお腹（なか）に新しい命が宿るまで、あと…………。

番外編　オスカーが指輪を買うお話

ブロンフラン王国、王城にある執務室。

そこではこの国の王太子ギルバードと、その配下であるオスカーが話をしていた。

「オスカー、ルビラ王国まで任務ご苦労だったね。怪我(けが)は本当にもう大丈夫なの？」

「はい。しかし、魅了スキルはなくなってしまいました……」

ギルバード王太子殿下の配下として、魅了スキルを使って任務を遂行していた部分もある。

オスカーは魅了スキルがなくなったこと自体、純粋に嬉(うれ)しかった。しかしギルバードの役に立てなくなることについては、どうしたものかと悩んでいた。

「よかったね。魅了スキルがなくなるなんて、奇跡じゃないか。これからは、影としてではなく、表立って僕の政務に携わってくれるかい」

オスカーの思いとは裏腹に、ギルバードは無邪気な笑みを浮かべている。

自分の利用価値が減ったというのに、何故(なぜ)政務に？　と、オスカーはきょとんと首を傾(かし)げた。

「え……？　ギルバードさま、いいんですか？」

「もちろん。混乱を招くから、さすがに魅了スキル持ちの君を政治の場に連れていけなかったし、むしろ嬉しいな。オスカーを堂々と配下として引き連れられるの」

そう言って笑うギルバードは、ご機嫌そうだ。

オスカーは、一安心して、笑い返した。

ルビラ王国からの書状をギルバードへ渡したり、一通りの業務上の話が終わった、昼下がり。

ギルバードに聞きたいことがあったオスカーは、わずかに緊張の色を声に乗せながら話す。

「あの、ギルバードさま。とびっきりの指輪をセシリアにあげたいのですが、お店を教えてもらえませんか……?」

「――オスカー、君、結婚するのかい?」

「は、はい。もちろん、彼女に了承してもらえたら、ですけど……」

照れながら頭をかくオスカーを、ギルバードは驚いた目で見る。

「あの何も知らなかったオスカーが結婚かあ。いいよ、僕の御用達(ごようたし)のお店を紹介してあげる」

「ありがとうございます！」

さらっと一筆書いて、紹介状を作ったギルバードは、オスカーに素早く渡す。

「結婚式はちゃんと呼んでね?」

「はい、もちろんです。それでは今からお店へ行ってきます」

「い、今から!?」

オスカーは、王城にあるギルバードの執務室を出て、王都の街へと向かう。

ギルバードは執務机に頬杖(ほおづえ)をつき、唖然(あぜん)としていた。

高級店が建ち並ぶ一等地に、ひときわ煌びやかなジュエリーショップがある。

お店の大きな扉を開けると、お店のマダムが綺麗にお辞儀をした。

「いらっしゃいませ。会員証か紹介状をお持ちでしょうか」

「はい。こちらを」

オスカーはこういった高級店は久しぶりだ。それも、一人で来るのは初めてだから緊張していた。

けれど、セシリアのためにとびっきりの指輪をあげたい。その一心で、ギルバードから受け取った紹介状を渡した。

「オスカー公子さまですね。このたびはご来店ありがとうございます。どうぞ中へお入りくださいませ」

紹介状を受け取ったマダムが、中へと案内してくれる。眩しいほどのシャンデリアに赤い絨毯。ここ数年は冒険者としての生活が長かったから、圧倒されてしまう。

「こちらにおかけください」

「ありがとうございます」

上質な椅子に座ると、目の前にガラスの机がある。その上には、さまざまなジュエリーが展示されていた。

「オスカー公子さま。本日はどのような物をお探しですか」

「婚約者へ指輪を探しています。正式にプロポーズするので……」

オスカーが、僅かに顔を赤らめながら説明する。それを見たマダムが、上機嫌で手を合わせた。

「まあ！　それは素敵ですわね。どのような宝石がいいかお考えはありますか？」

「いえ。ただ指輪の素材はプラチナがいいかなと思っています」

セシリアは、以前あげた指輪を心底大切にしてくれている。だから、どうせなら重ねづけできるように、プラチナ素材で揃えたいと思ったのだ。

「承知しました。それでは満遍なく宝石をお持ちいたします」

持ってきてもらった宝石を見ると、たくさんあって目移りする。どれもセシリアに似合いそうだし、全部買い占めたいくらいだ。

だがそれはきっとセシリアを困らせてしまうから、自重するけれど。

「あっ！」

オスカーが目を奪われたのは、セシリアの瞳とそっくりな、淡いラベンダー色の宝石。

セシリアの瞳と同じ色だと思うと、この宝石すらも可愛く思えてくる。

「こちらの宝石は、ヴァイオレットトモルガナイトでございます。通常モルガナイトはピンク系のお色味ですが、こちらは大変希少な紫色となっています」

「へえ……。婚約者の瞳の色がちょうどこの色なんだ」

「あら素敵ですわね。それではこちらを候補に入れておきましょう」

マダムが別の場所へ宝石を移動したことを確認して、再び別の宝石を見る。

「プロポーズ用でしたら『永遠の愛』を象徴するダイヤモンドもお勧めですわ」

透き通った純度の高いダイヤモンドを眺める。聖なる力を持つセシリアに似合いそうだ。

何より永遠の愛を象徴するというのが、オスカーにとって、良いと思った。

「透き通っていて輝きが綺麗だ。彼女にピッタリだと思います」

「ではこちらも、候補にしましょう」

ダイヤモンドを、先ほどの宝石と一緒にすると、マダムはある宝石を取り出した。

「こちらの宝石はシトリンというのですが、オスカー公子さまの瞳の色に似ていますね」

「……確かに」

「ご婚約者さまに、自分の色を纏ってもらうというのも、ロマンチックだと思いませんか？」

オスカーは自分の色を纏っているセシリアを想像してみる。すると物凄く気分がよくて、独占欲が強い自分に少し呆れた。

「それもいいのですが……。彼女は白銀髪に淡いラベンダー色の瞳なので、黄色みのある色よりは、青みがあるほうが似合いそうなんです。結婚を誓う指輪なので、長く使ってもらえたらと思ってて……」

「でしたら、指輪の内側に宝石を入れたらいかがでしょう。シークレットストーンと言って、特別感が増しますよ」

「なるほど……！」

二人だけの秘密の宝石。そんな言葉が頭をよぎる。

「それじゃあ、そのシークレットストーンとして、彼女と自分の瞳の色を二つ入れることって出来ますか？」

「はい。もちろんですわ」

俺とセシリアの色が一緒に指輪を彩る。宝石たちのようにセシリアとずっと一緒にいれたらいいな。

メインの宝石は、ダイヤモンドに決めて、オーダーした。

セシリアの反応を思い浮かべると、オスカーの頬が緩む。しかし結婚を承諾してもらえなかったらと思うと、立ち直れそうもない。

だが、オスカーはセシリアの愛を信じてる。きっと大丈夫だと自分を励ました。

その後もセシリアに似合いそうな、ジュエリーを数点オーダーしたのはここだけの話だ。

書籍版書き下ろし　収穫祭

暑さも和らいで、木々の葉が赤く染まってゆく。

オスカーとの結婚を控えた秋の初め、ムーア街では収穫祭が開催される。収穫祭とは、その年の豊作を神々に感謝し、ワインで乾杯してお祝いする、リュミエール教が主体となって行われる祭事だ。

収穫祭は祝日となり、教会本部のある王都からパレードも来ると聞いていたから、セシリアはとても楽しみにしていた。

当日の朝になると、オスカーを起こさぬようベッドから抜け出して身支度を始める。

セシリアは、動きやすいように白銀の髪の毛を低めの位置で二つ結びにして、白いフリルのついたブラウスの上に、買ったばかりのネイビーのチェック模様が入ったジャンパースカートを身に纏う。スカートのウエスト部分には青薔薇の刺繍が入っており、今一番気に入っている服だ。

最近は友人のアンやライラに教えてもらって、お洒落にも興味を持てるようになり、自分の好みも大体把握できてきたので、毎日のお洋服選びが楽しくなってきた。

今日はオスカーと収穫祭をまわる約束をしていたため、特に気合いが入っている。軽くメイクを施して仕上げにリップを塗っていると、眠そうな目を擦りながら、オスカーがとぼとぼ歩いてきた。

「おはようございます、オスカーさん」

「おはようセシリア。あ、身支度を済ませたんだね」

ふわっと抱きしめてくれて、額にキスが降ってきた。そして結んだ白銀の髪の毛を弄ぶように触る。

「いつも可愛いセシリアが、今日は特別に可愛すぎてもう目が覚めた。料理してる時も結んでたけど、やっぱりこの髪型可愛いね。新しい服も似合ってる」

「っ！」

朝から蕩けたハチミツ色の眼差しで見つめられると、照れてしまって仕方がない。彼は嬉しい言葉を心から紡いでくれるから、セシリアもお返ししたいなといつも思う。

「今日は楽しみだね。急いで準備してくるから待ってて」

オスカーはもう一度セシリアの額に口づけると、足早に身支度を整えに自室へ向かった。

果実水を飲みながら椅子に座ってのんびり待っていると、しばらくして後ろから声がかかった。

「セシリア、お待たせ」

「いえ、全然待ってな……っ!?」

振り返ればいつもと雰囲気が違ったオスカーがいて、そのあまりの美しい姿に言葉を失う。かっちりしたシャツの首元は、ネイビーのクラバットで彩られており、彼の魅力を引き立てている。襟付きのダブルベストは上品で、上着を羽織っていないものの貴公子であることが歴然と分かる姿。

きっとセシリアのネイビーを基調としたコーディネートに合わせてクラバットを選んでくれたのだろう。魅了スキルがなくなった彼は眼鏡をつけていないため、大好きなハチミツ色の瞳をじかに見られる。

「……オスカーさん、格好良すぎます……」

「ありがとう。セシリアに合わせて、俺(おれ)もちゃんと着飾ってきたよ」

顔が熱い。こんなにも素敵なオスカーとこれから二人で出かけると思うと心臓が高鳴る。

彼をちらりと見上げると、不敵な笑顔を浮かべていて眩(まぶ)しく思った。

「ほら行こう、セシリア」

「は、はいっ！」

いつもラフな格好をしているオスカーの着飾っている姿を、街の女性たちが見たらと思うと少しもやもやしてしまう。

でも、差し出してくれた左手の薬指には、きらりと陽射しに当たって輝く指輪がはめられていた。

それはセシリアがプレゼントしたものだ。いつも寝る時でさえもずっとつけてくれている。

そう考えると嫉妬(しっと)心が落ち着いてきて、セシリアも笑顔でオスカーの大きな手に自分の手を重ねた。


街へ出ると至るところに、収穫祭を彩る木の実で出来たリースが飾られている。

歩いているとやはり彼に視線が集まって時折女性の悲鳴があがるけれど、さすがに婚約者であるセシリアが隣にいるため話しかけてくることはなくてホッとした。

収穫祭のメイン会場である広場までやってくると、大量のワイン樽(だる)が並んでいた。樽には蛇口が付いており、皆楽しそうに木製のワイングラスに注(つ)いでいく。

「わあ……っ！　すっごく盛り上がっていますね！　楽しみですっ！」

「俺も昼前から来るのは初めてだから楽しみだ」

「夜の建国祭しか来たことないって言っていましたもんね。今日はとことん楽しみましょう！」

広場の隣はいつもお買い物しているマルシェがあって、収穫祭仕様に変わっていた。気持ちの良い秋晴れの中、この日のために設置された屋外用のテーブルと椅子には、マルシェで買ったものを食べている人がたくさんいる。賑（にぎ）わっている反面、空いている席もあるので座る場所に困らなそうだ。

「俺たちも食事にしようか」

「はい！」

セシリアは元気に返事をして、オスカーと手を繋（つな）いでマルシェの中へ入っていった。

建ち並ぶお店は収穫祭で定番の料理であるカモ肉のローストに、アップルパイ、焼きカボチャとソーセージが数多く並んでいる。これらの料理にワインを合わせれば、リュミエール教の初代聖女が収穫を祝った組み合わせとなる。

「やっぱり収穫祭だから、定番の料理を買いましょうか」

「そうだね。肉類は多めに買いたいかな」

建国祭でたくさん食べられるように、朝は抜いて今日は、ブランチにすることになっている。至るところから美味（おい）しそうな匂いがしてきて、どんどんお腹（なか）が空いてきた。

彼と楽しく会話をしながら、行きつけのお店で収穫祭の定番料理を買う。するとボール投げやクジなどの遊べる屋台の前で、お祭りに夢中になったのか転んだ様子の子供が泣いていた。

「うわぁぁん！　痛いよぉぉ」

「っ、オスカーさん。ちょっと待っていてください」

「ああ、俺も行く」

急いで駆け寄り、座りこんで泣いている男の子と目線を合わせるように、地面に膝をつく。

思ったよりも大胆に転んだようだ。膝を擦りむいているだけではなく、足首まで腫れてきている。

「大丈夫ですか？　すぐに治して差し上げますからね」

痛々しい患部に手を添えて銀色の魔力を練り込むと、みるみるうちに傷口が元通りになっていった。

「すごい！　ありがとう、セシリアお姉ちゃん」

「ふふ、次からは転ばないよう気をつけてくださいね」

セシリアは、聖女の力を持っているのにもかかわらず奉仕活動をしないのは心苦しいため、街を拠点にする薬師の仕事を取らない程度に、手の届く範囲で治療を行っている。これは薬師にも許可を取ってあって、薬では治せない重傷患者が現れると、セシリアが呼び出されることになったのだ。

元々人気者であるオスカーの婚約者だったり、魔物の大群（スタンピード）の件もあったりして充分目立っていたが、ムーア街で治療を続けていくことで、セシリアのことを知らない人はいないくらい有名人となった。

「セシリアさま！　このたびは愚息（ぐそく）へ貴重な回復魔法を施してくださりありがとうございました！」

「いえ、当然のことをしたまでですから」

子供の父親がクジの屋台から出てきて頭を下げながら必死にお礼をした。それに対してなんてことないように、セシリアは笑って返答した。

そして立ち上がりながら、地面についていた膝に洗浄魔法をさっとかけて、オスカーに声をかける。

「オスカーさんお待たせしました。広場へ行きましょうか」

「ああ。セシリア、さすがだったね」

「セシリアお姉ちゃんまたね～！　父ちゃん、また遊んでくる！」

「くれぐれも気をつけろよ！」

怪我(けが)が治った子供が元気よく手を振ってくれた。手を振り返すと、今度は転ばないように子供がゆっくりと歩いていくのを見守った。

セシリアたちも手を繋いでその場を離れようとした時、子供の父親が慌てて声をかけてくる。

「ちょ、ちょっと待ってください！　もし良かったらお礼に大人(おとな)のカップル向けにクジをやっているので引いていきませんか！」

「いえ、でも……」

「ご遠慮なんてなさらず、さあ、どうぞ!!」

「よ、よろしいのですか？　では失礼しますね……」

景品はぬいぐるみなど並んでいる。一部何か分からないものもあったがご厚意に甘えることにした。

丸い穴が空いた箱に手を入れて、中の木板を取り出す。そこには数字の二と書かれており店主に渡せば、彼は大声を出した。

「お、二等ですね！　大当たり～!!」

「わあ、二等ですって！　オスカーさん！」

「すごいね、セシリア！」

店主が爽(さわ)やかな笑顔で渡してくれたのは、手のひらサイズの小瓶だった。これは一体なんだろうと疑問に思っていると、途端にオスカーの顔が赤く染まった。

「ちょ、ちょょっと店主！　何てもん景品にしてるんだよッ」

「はは。大丈夫だ、子供の前では販売していないからな。大人のカップル向けのクジだと言ったろ？　それに収穫祭といえば、この街に言い伝えがあるから、こういったものが出回るのは当然じゃないか」

当たった小瓶を恨めしそうに見ながら、何故か狼狽えて「こんな店があるなんて知らなかった……」とぼやいて両手で顔を隠すオスカーに、セシリアは首を傾げる。

「オスカーさん、どうされたのですか？」

「い、いや。何でもない。そ、その小瓶はセシリアが持ってるのもアレだし、俺が持っているよ……！　ほら、景品は貰ったし、広場へ行ってワインを飲もうか」

「はい！　このたびは、クジを引かせていただいてありがとうございました！」

「ああ、こちらこそ。良い収穫祭を！」

広場へ戻り、席を取る。先ほど購入してバスケットに入れておいた料理を広げて、家から持ってきたテーブルナプキンを膝に敷く。

オスカーがワインを木製のワイングラスに注いできてくれてようやっと乾杯だ。

「太陽神と月神の豊かな恵みに感謝して、乾杯」

「乾杯」

木製のワイングラスを青空にかかげてから、ぐいっと喉に流し込んで、満足げな息が漏れる。

「それではお料理もいただきましょうか」

「ああ、美味しそうだな」

ご馳走をどんどん食べ進めていく。カモ肉はジューシーに調理されているし、焼きカボチャも甘くてホクホク。大好きな人と美味しい料理を食べられて、自然と口角が上がっていく。

ワインを嗜みながらあっという間に平らげて、口元をテーブルナプキンで拭い、彼に話しかける。

「そういえば先ほどクジで当たった景品は何だったのですか？」

「え⁉　あ、あれは……。ええっと……」

またもや顔を赤く染めて狼狽えるオスカーをじっと見つめる。

（ムーア街の言い伝えがどうとか言っていたけれど、一体……？）

「……小瓶については、ここではちょっと……。そ、それより見て⁉　パレードが近づいてきてる」

「わぁ、本当ですね！」

耳を傾けると遠くのほうから、馴染み深いリュミエール教の楽曲が聴こえてくる。屋根なしの馬車にハープや横笛、弦楽器などを奏でている教会楽団が乗っていて、清らかな音色を紡いでいく。

楽団を運ぶ馬車が広場に止まると、街の人が音楽に聴き入った。初めの曲が終わって明るい曲調に変わると、周りのカップルが馬車の近くで踊り始める。

それを眺めていると、オスカーがセシリアの元にやってきて跪き、握られた手の甲に唇を落とす。

「セシリア、俺と踊ってくれないか？」

「はい。喜んでっ！」

まさか一緒に踊ってもらえると思わなくて、驚きと嬉しさで心臓が大きく高鳴る。

皆が踊っている馬車の近くまで連れ出されると、手を重ねたまま、もう片方の手を彼の肩に置く。

そして音楽に合わせて足を運ぶ。

(オスカーさんとこんな風に踊れる日が来るなんて夢みたい)

セシリアは儀式で行う舞の要領で、ダンスも得意だ。王太子妃教育でダンスを教わっていたことが、今こうして活きている。あの忙しかった時期は、無駄ではなかったなと心の底から笑顔が溢れた。

「セシリア上手だね」

「ふふ、オスカーさんのほうがお上手です」

これまで踊ったどんな殿方よりもオスカーはダンスがお上手だ。

エスコートされるが如く、足が勝手に動いて息がぴったり合う。それにしても密着して踊っていると彼の熱が伝わって気恥ずかしくなる。

しかし嫌な考えが頭をよぎる。ここまで上手だということは、他の女性とも踊っていたのだろうか。

そう考えると自分のことを棚に上げて、物凄く複雑に思ってしまう。

「俺と踊ってるのに、考え事しないで」

「あ、ごめんなさい。つい……」

「つい?」

「オスカーさんのダンスが本当にお上手で、他の女性ともたくさん踊られたのかなって……」

「はは、やきもち焼いてくれてるの?」

少しの沈黙の末、こくりと頷くと、オスカーの笑顔がより深まった。

「大丈夫だよ。今までは魅了の影響があったから社交界に出ていなかったし、冒険者やってたし……」

話しながらも、手を高く上げられて、腰を掴まれるとくるりと一回転する。周りから拍手が上がるけれど、今はオスカーのことで頭がいっぱいで、踊りながら会話を続ける。

「じゃあ、どうしてそんなに踊るのがお上手なのですか？」

「一応公爵家で教育は受けたし、あとは主のダンスを見ていたからかな」

オスカーは、本当に器用で何でもさまになるから凄い。彼の言葉に安心して、つい口元が緩んだ。

心地よい音色に合わせて、オスカーの体温に包まれると幸せで堪らない。

「ねえ、セシリア。収穫祭は天から降りてきた神々も市井に遊びにくると言われているよな？」

「え、ええ。その通りです」

「このムーア街ではその続きが言い伝えとして残っているらしいんだ」

確かに各地で様々な伝承が枝分かれして広まっていることは知っていた。しかしムーア街で広がる言い伝えについては、この街に来て初めての収穫祭を迎えるセシリアの耳には入っていない。

「それはどういった言い伝えなのでしょうか？」

「ダンスの余興を盛り上げた後、仲睦まじく一夜を過ごした恋人や夫婦には、市井のお祭りを楽しませてくれたお礼にと、永遠に結ばれる加護を神々が授けてくれると言われている」

「えっ!?」

「意味は、分かるだろ?」

仲睦まじく一夜を過ごす、とは。つまりそういうことなのだろう。

太陽神ソレイユさまと月神リュンヌさまはこの世で最も偉大なおしどり夫婦だ。だからこそ幸せのお裾分けをしてくださるのかもしれない。

「それでは、あの小瓶の中身は……」

「今夜、セシリアに使ってあげる」

どこか吹っ切れた様子のオスカーに、耳元で囁かれて吐息がかかる。

かあっと一気に顔が熱くなってステップを外してしまったけれど、彼の上手なカバーで見事に持ち直した。オスカーを見つめるとハチミツ色の瞳と目が合ってなまめかしく笑顔を浮かべるものだから、もっと熱が上がる。

「神々に楽しんでもらうためにも、まずはたくさん踊らないとな」

色香を纏った笑みを浮かべるオスカーを見ながらステップを踏む。今宵は一体どうなってしまうのだろうと、踊りながら思いを馳せた。


夕方、陽が沈み始めた頃。準備があるからとオスカーは先に湯浴みをして、その後にセシリアも身を清めた。これからの甘い夜に期待を抱いてしまって、慌てて頭を振る。

しかし期待と裏腹に、湯浴みを終えて彼の元に姿を現すと、思わぬことを言われる。

「たくさん踊って疲れたろ? 俺がマッサージしてあげる」

「マッサージ、ですか……？　あ、ありがとうございます……」

いつも一緒に寝ているオスカーの部屋のベッドには、ふわふわのタオルが敷いてあった。そこにうつ伏せで寝るように促されて、セシリアは言われるままにベッドに身を沈める。

彼の言う通りたくさん踊って足が重だるいが、閨事（ねやごと）をするのだと思っていたから拍子抜けする。

それにあんなに踊ったのに、オスカーはピンピンしているのだからさすが元冒険者だ。

「ネグリジェが汚れるから脱がすよ。このタオルも、セシリアが思い切り気持ちよくなれるように、敷いといたんだ」

「えっ？」

裾を持ち上げて脱がされれば、あっという間に下着姿になる。それにしても汚れるとは一体何を行うつもりなのだろう。マッサージをするにしてはやけに艶（つや）やかな声色なのも気になる。

「それじゃあ、始めるよ」

「お、お願いします……」

何かを開ける音がする。ふわっと花の香りが漂うと、ふくらはぎに何か液体のようなとろりとしたものが落ちた。その液体を伸ばすように、肌の上をオスカーの大きな手がなめらかに滑る。

「んんっ。オスカーさん、これは……？」

「昼間、クジで当たった小瓶の中身。……閨（ねや）用の潤滑剤（ローション）だ」

「っ!?」

オスカーの手のひらが内ももをそっと撫（な）でる。その触りかたが到底マッサージだと思えなくて、吐息を漏らす。執拗に足を優しく擦られて、ほのかな気持ちよさと、くすぐったさが混じり合う。

「ひゃっ、オスカーさん」

秘所を隠すショーツのリボンを解き取り払うと、お尻に空気が触れる。その丸い膨らみにとろみのある潤滑剤を垂らして、揉みほぐされていくと、くすぐったくてぴくんと身体が揺れた。

「あ、くすぐったいです……っ」

「大丈夫、じきに気持ちよくなるよ」

お尻の膨らみに唇を落とされたら小さい悲鳴が出て、下に敷いてあるタオルをぎゅっと握る。背後にいるオスカーの姿が見えなくても、愛情を感じる口づけにお腹の奥がどんどん熱くなっていく。

二つの丸い膨らみを揉みしだかれながら、背中にもキスの雨が降ってくる。くすぐったさの中から、僅かな快感を見つけ出してしまって、タオルを握る手を強めた。

「あぁっ、オスカーさん……っ」

未知の快感の芽生えに身をよじらせていたら、いつの間にか彼はセシリアの上に覆いかぶさるように近くにいた。セシリアの白銀の髪の毛を耳にかけて横に流すと首筋があらわになる。

「愛してるよ、セシリア。たくさん気持ちよくなって」

耳元で囁かれた大好きな声に、うっとりと目を細める。首筋に舌を這わせて、背中まで降っていき、子犬のように優しく舐められる。くすぐったさが快感に塗り変わり、悩ましい吐息が溢れ出る。

蜜口が物寂しげに蠢き、身を震わしていると腰が浮いてしまう。それが恥ずかしくて寝そべったまま両膝を立てると、空いた隙間から潤滑剤のついたオスカーの手が、お腹側から胸に滑り込んでくる。

背中を舐められながら、とっくに尖っていた胸の先端に彼の手のひらが擦れれば、セシリアの口からは嬌声が止まらない。

「んあ、あぁ……っ」

胸の先端の周りを親指で焦らすように刺激されると、たちまち背中を仰け反らせてしまう。そして先端をかりかりと優しく爪先で擦られて、ひときわ甲高い声が飛び出る。

「ひゃうん……っ!!」

「可愛い、セシリア」

オスカーが上ずった声で言葉を紡ぐと、また背中を舐められながら、再び胸を愛撫される。潤滑剤を纏った手で触られると滑りが良くて、いつもと違う刺激にどんどん気持ちよくなってしまう。

「んんっ、オスカーさん……っ」

彼が見えないもどかしさと、次はどんなことをされるのかと考えてドキドキする。胸を弄んでいたオスカーの大きな手が下へ下へと進んでいき、セシリアの細い腰を持ち上げた。

膝を立てたままお尻を突き出す格好になり、濡れそぼった秘所に近づいた彼の吐息がそこに触れる。

「こんなに濡れて、ここには潤滑剤は必要なさそうだね」

「あぁ、だめっ」

制止の声も届かず、秘所を下から上に彼の舌が這う。鋭い快感が背中に走り、それだけで達してしまいそうになる。続けて花芯をぱくりと口に含まれて吸われれば、頭が真っ白になっていく。

「ひゃ、あ、待って、イっちゃう……っ」

「いいよ。イって」

花芯を舐めながらちゅくちゅく強く吸われたら、激しい快感に襲われて高まる。瞼の裏に星が飛んだ瞬間、その高まりが大きく弾けた。

「〜〜っっ」

弾けた快感が身体中に渦巻いて止まらない。仰け反った腰がガクガクと震えて、呼吸を乱しながら、甘い痺れにじっと耐える。それを労わるように、セシリアの手の甲が、彼の大きな手に包まれる。

「っ、セシリアに、くっつきたい」

「私も、オスカーさん……」

オスカーの切羽詰まった声がしたかと思えば、背中に潤滑剤を塗り込まれる。

そしてセシリアの華奢な背中に、彼が覆いかぶさるように乗ってきた。

「あ、これ。セシリアの肌が柔らかくて、俺も気持ちいい」

背中に密着する彼の胸板が熱い。オスカーの体温を感じて気持ちが良くて、思考をも溶かしていく。耳を甘噛みされて、彼の滾った熱棒が背中に押しつけられると、中に欲しくなって切ない。

「オスカーさん。もう……」

セシリアが懇願するように、愛おしい人を呼ぶと、くすりと彼が笑った。

「ねえ、このまま挿れてみてもいい？」

「っ!? は、はい……っ」

驚きつつも期待交じりに同意すれば、彼の昂りが探るように秘所へと触れる。

もどかしくて導くように腰を動かしたら、蜜口へと熱棒の先が入り込んだ。

「んん、ひあぁっ」

ゆっくり熱棒が進んでいき、そのたびに蜜壺が擦れて中がうねる。奥までぴったり熱棒が沈むと、足りないものが補われたかのように心地よくて、気持ちがいい。

「っく。セシリア、好きだ……」

「私も、大好きです」

早く動きたいだろうに、息を詰まらせながらも、愛を紡ぐのを忘れないオスカーにときめく。

顔が見られなくて寂しいけれど、繋がれた両手に安心する。それに彼から伝わる速い心臓の音が、セシリアの鼓動と交じって、まるで二人が一つになったかのように感じて幸せ。

「あぁ、オスカーさん……っ」

抽挿が始まると、あまりの気持ちよさで全身が粟立つ。繋がれた両手、潤滑剤で抽挿のたびに彼の胸板がなめらかに滑る背中、熱棒が奥まで擦れる体勢。その全てが甘く痺れて、快感に溺れる。

「セシリア、そんなに締めると……」

欲しかった刺激を貰えて、蜜壺が熱棒を締めつけるのを止められない。オスカーが苦しそうに息を漏らしながら腰を打ちつけられれば、セシリアの絶頂が近づいてくる。

「っ、私、も、限界です……。オスカー、さん……、一緒に……っ」

「可愛い、愛してる」

言葉と共に繋がれた手がぎゅっと握られると、背中越しに深い愛を感じて、愛おしさでいっぱいになっていく。どんどん抽挿が激しくなり、背中からオスカーが離れるとギリギリまで熱棒を引き抜かれる。今度は腰を持ち上げられて一気に深く突かれた。

気持ちいい場所へと的確に刺激されたら、足先がピンと伸びて、一番高いところまで昇り詰める。

「ん、あ、あぁ……っっ」

絶頂した瞬間、雷のような電流が走り、奥に熱液が放たれる。オスカーに後ろから抱き寄せられて、二人の乱れた呼吸だけが、オスカーの部屋に響く。

セシリアはようやっと振り返ることが出来て、彼の顔を覗き見る。オスカーのハチミツ色の瞳には、まだ情欲を孕んだ灯火が消えていなかった。彼と繋がったまま仰向けになり、セシリアは言葉を紡ぐ。

「オスカーさん、あの……。もう一回してもいいですか……?」

「あれ？　満足できなかった?」

意地悪な口調で聞き返されて、セシリアは顔を赤く染めておねだりをする。

「今度はオスカーさんのお顔を見てしたいです……。それにいっぱいキスしたっ……!?」

言葉の途中でまるで食べられるように唇が塞がれた。彼は蕩けた眼差しで想いを紡ぐ。

「っ、セシリア、俺もキスしたかった」

惹かれあって、また唇が重なる。オスカーの首に抱きつき、角度を変えてキスを繰り返す。

すると蜜壺の中の彼が、再び熱を持って硬度と質量が増していく。

彼の逞しい腕に腰を掬われて起き上がれば、もっと距離が近くなる。

「オスカーさん、大好きです」

「俺もセシリアを愛してるよ」

口づけをして唇の隙間から入り込んだ舌を追って互いに絡め合うと、再び抽挿が始まる。

セシリアは辿々しくも腰を揺らして、何度もキスをした。

「これからも、ずっと一緒にいましょうね」

「もちろん。神々の加護が貰えなくとも、セシリアのそばを離れない」

収穫祭でダンスの余興を盛り上げたセシリアとオスカーは、仲睦まじく一夜を過ごす。

その様子を月だけが二人を青白く照らしながら見守っていた。

そして朝陽が室内を明るくすると、眠る二人に神々からの幸せのお裾分けが降り注いだ。

あとがき

初めまして、ｙｏｒｉと申します。この度は「追放された元聖女」をお手に取ってくださり、誠にありがとうございます。

まっすぐ純真な聖女セシリアと、不憫な過去を持つ冒険者オスカーの二人が出会い互いに救われるお話、少しでもお楽しみいただけましたでしょうか……？

突然ですが、冒険者の野営って格好良いですよね！　オスカーが焚火で作る冒険者飯を私も食べてみたいですし、あんな快適な天幕で泊まれたらすごく贅沢だなぁと、とても楽しみながら執筆しました。今回、初書籍化のお話をいただいて改稿、加筆を行ったのですが、ＷＥＢ版よりも更に天幕の中を描写出来て個人的に嬉しかったです。

そして当作のイラストは氷堂れん先生が美しく描いてくださいました。初めてキャラデザをいただいた時は、感動で胸がいっぱいで朝まで眠れないほどでした……!!

この書籍に携わってくださった皆さま、ＷＥＢ投稿時から読んでくださった皆さま、あとがきまで読んでくださっているあなた、本当にありがとうございました。

願わくば、またどこか別の作品でもお会い出来ますように。

ｙｏｒｉ　拝

追放された元聖女の私を拾ってくれたのは、魔性のSSランク冒険者さんでした。

yori

2023年7月5日　初版発行

著者　yori

発行者　野内雅宏

発行所　株式会社一迅社
〒160-0022　東京都新宿区新宿3-1-13　京王新宿追分ビル5F
電話　03-5312-7432(編集)
電話　03-5312-6150(販売)
発売元：株式会社講談社(講談社・一迅社)

印刷・製本　大日本印刷株式会社

DTP　株式会社三協美術

装丁　AFTERGLOW

ISBN978-4-7580-9561-7

●本書は「ムーンライトノベルズ」(https://mnlt.syosetu.com/)に掲載されていたものを改稿の上書籍化したものです。

MELISSA